U0747146

诗画远方

ZHL2019诗集

赵红亮 著

北方联合出版传媒(集团)股份有限公司

万卷出版公司

图书在版编目（CIP）数据

诗画远方 / 赵红亮著. —沈阳: 万卷出版公司, 2019.6
（2021.8重印）

ISBN 978-7-5470-5150-4

Ⅰ.①诗… Ⅱ.①赵… Ⅲ.①诗集—中国—当代
Ⅳ.①I227

中国版本图书馆CIP数据核字（2019）第081381号

诗画远方　　　　　　　　　　　　　　　　**版权所有　侵权必究**

出版发行：北方联合出版传媒（集团）股份有限公司
　　　　　万卷出版公司
　　　　　（地址：沈阳市和平区十一纬路25号　邮编：110003）
联系电话：024-23284402/010-88019650
传　　真：010-88019377
E - mail: fushichuanmei@mail. lnpgc. com. cn
印 刷 者：三河市兴国印务有限公司
经 销 者：各地新华书店

幅面尺寸：145mm×210mm
字　　数：202千字　　　　　　　印　张：9.75
出版时间：2019年6月第1版　　　印刷时间：2021年8月第2次印刷

责任编辑：李　明　　　　　　　责任校对：王洪强
装帧设计：大名文化　　　　　　责任印制：高春雨

如有质量问题，请速与印务部联系　联系电话：010-88019750

ISBN 978-7-5470-5150-4
定价：58.00元

序

宁以安

赵红亮是一名出色的律师。

说到这个你脑海中大概会浮现出办公室与西装革履，缜密的商务会谈，各种合同与条款……这画面也是他生活的常态。但见到他第一眼的他的人，可能很少会想到在他稳妥理性的外表之下，其实另有一重浪漫而超逸的身份——诗者。

他将作为一名司法者的理性与作为诗人的感性，恰到好处地融合在一起。他是北大毕业的高材生，燕园本科最青春的岁月，在这未名湖边度过，北大的湖光塔影，也许早就注定了，赵红亮的诗情与浪漫是种到骨子里的。

北京的六月份多雨，在雨夜听着爵士乐，捧读赵红亮的诗歌，是非常合宜的氛围。首先打动我的，是他诗歌里的意象。接续于中国传统诗歌的古典意象，与我们现在所身处的现代商业社会的符号，以及属于北京与各个地域的地点名词，这些看似风格各异的东西，却非常融洽地融合在了他的诗歌里。

像在开起的《未名》中，他写：
"平安里的平安　棒约翰
街灯路过慈云寺
千禧的年轮转过甜水园
美女婆娑二十年
沉痛了西单"
"品一下甜升高的台塑
六头牛被动了新光
三里屯太古形象
天街与维多利亚秘密相望
医治这份冰冷的沙拉成霜"

都市霓虹灯影闪烁，这诗句诵读起来在舌尖上有一种轻盈的跳跃感。

黛玉、宋词、江南，这些最古典婉约的意象；平安里、慈云寺、西单、三里屯，北京的一个个地名；巴博瑞、维多利亚的秘密，各种最时尚流行的品牌；丽思卡尔、君悦、威斯汀，最现代化的酒店；微信、百度、小黄自行车、网购、三百个赞，信息社会最快节奏的生活……它们缠绕着，交错着，在一个万花筒里闪烁着。而这个奇妙的万花筒，就是赵红亮的诗。

在他的诗里，古典的中国，与现代的中国融合在一起。在他的诗里，现实的商业的快节奏的中国，与心中那个桃花盛开不肯磨灭的诗意中国，融合在一起。

这是颇有意思的诗歌试验，赵红亮在他的《诗画远方》里把这种试验做到极致。

记起初次见到赵红亮及其夫人小凡的傍晚。我与先生，还有红亮夫妇一起小聚。交谈的间隙，越过餐桌，从落地窗看出去，是夏季一场暴雨过后绛红色的天空，随着暮色弥漫开来，那绛红也有了微妙的层次。天空之下，北三环车灯如流，一幢幢楼宇的灯渐次亮起来。空气清凉干净，灯光越发显得清亮。是一个清透又璀璨的初夏黄昏。

这真像是一个绝妙的隐喻。

这个如此诗意的初夏黄昏，就正像是赵红亮的诗歌吧。那古典的绛红色天空，还有都市化的繁华车流，林立的灯火璀璨的高楼，以一种这么融洽的方式融合在眼前的这个画面里，隔着落地窗一层朦胧的纱帘，隐现在眼前。在赵红亮的《诗画远方》中，隔着文字的这重朦胧的纱帘，读者们可以期待的是，你可以看到不逊于眼前之景的同样的世间美景。

那个黄昏，一边交谈，一边俯瞰着眼前这熟悉又格外动人的北京，似乎也有了一些超逸的情怀。赵红亮作为一个诗人的姿态，正是沉迷于这烟火人间的，同时又是超逸的，能够在一些时刻抽出身来，以一种如在云端的姿态，打量这世间一切的吧。

交谈之时，耳畔是一个傣族女子的吟唱，似是来自那遥遥的不可知的远方。

这歌声让人想到红亮诗中所写的:

"那些纳西族的蚂蚁

在胳膊和历史的罅隙里烙印

烙印的还有那一汪热泪"

这似乎又正呼应着他诗歌中的那一个又一个的"远方"。

苏州、杭州、无锡、高邮湖、锡林郭勒、临沧、小兴安岭、包头、泰州、郑州、合肥、长春、天津、兰州、深圳……赵红亮的足迹遍布大江南北。着实是行万里路,写万卷诗了。

难能可贵的是,并非行过无痕,他以诗歌镌刻他的足迹。而且他诗歌里那些他行过的地域,背后是有着纵深的历史感的,这是一座座时光之城,背后有一个古中国在那里。像他写杭州、苏州"湉湉的湖水酝酿相思,滴露镶嵌着某个诗句"。又如他在《江湖与江南》里写的"杭州与陶然亭隔着一条,雨季与南宋只差一站"。

"微光重逢,我的故事兀自跨过明清",在赵红亮的诗歌里,我们可跟随他一起,行遍青山,行遍无数繁华街市,又可穿梭时空,跨越古今。

从诗歌的形式上来说,赵红亮的诗句,形成了自己特有的句式与节奏。颇有些方文山歌词的意味。他非常具个人特色的一个特点是,喜欢把形容词活用做动词,像"金台夕照了的延静里""婉约了夕阳的蕊",汉语像一个魔方,在他的手掌中变换出奇妙的样子来。

记得跟赵红亮的交流中，他说到作为一个诗人，在青年时期曾经经历过的迷茫，说到那些在一个诗人的成长路途上，那些渡不过去的精神危机。而今他渡过了那些精神上洗礼，依旧保持着诗人最纯粹的初心，这是难能可贵的事情。

在这些苟且又琐碎的日常里，心里存着诗歌和远方，这是很美好的事情。

愿诗意与美好永存！

是为序。

目　录

1

远方篇

苟且篇

未名

1

西南书了夏季
一阙新文上了盆地
美术馆触了西华门
你是抱白狗的黑衣女人
闲敲东城根
梦里去　十年恰恰如意

多了单车少不了衣袂
墙角数枝不是梅
是谁　留下那么多的影景
寸寸相思泪
慕之淇　飘落你的裙

2

又一次启程给了上海

矫健了京沪的征程
做一个追风筝的人
与琅琊麒麟比肩行走
请给我力量的爱康①
越过你的东山墅
她做一位凤尾的女人
玉碎了深秋
花过朵了的节奏
红过黄了的旅途

明天起
写字　穿花衣
对着草和叶
一言不语

3

匆匆那年　与巴黎客串
与堂吉诃德的那四年
青春走上布朗定理
我和五瓣丁香预约
相对论的冬天

雪梨的继承权　早春二月

---

① 爱康：一个体检中心的名称。——作者注

平安里的平安　棒约翰
街灯路过慈云寺
千禧的年轮转过甜水园
美女婆娑二十年
沉痛了西单

忘却了是史记里的海淀
蔚秀园已远
扣子装满你的会计学你的羞赧
我不会是谁的彭于晏
我是汉谟拉比典　主父偃

4

冬虫与霾从东四环开始
星际穿越自上而下
诗上是落叶　眉下有私奔
七排放着咖啡
香了墨菲

生成夏草的黛玉
歌声休眠了谁
未来汇　落花流水
心事绵绵无绝期
你变革宋词

菊花醉　燃烧吧糖
巴宝斯　丽思卡尔顿
风扫蓝堡
奔跑了兄弟

5

经过元明清　经过眉
经过二十春
也经过我的家
染白了钝的刀
割了生锈的童话

胃　醉倒朝阳门
唯心主义的弯曲
金台夕照了的延静里
落叶拖着一袭黄昏
光合作用的冬韵

让资产负债的爱恨潦倒吧
你与冬至破产隔离
花与画开始调皮
我与纸尿裤有了邀约
绽放的　威斯汀的雨

6

密云　户外
四县交界　最是京东
一段流动的长城
一次迟到的穿行
大明朝向北夭折
雪　路过谁的早晨
枯叶逡巡

一抹美丽的头灯霓虹了城池
硝烟远去三百年
女匪首的头巾捂着我的嘴
二月春风醉
爱白了故事一身
加一号大的皑皑传奇

不等闲的一枚石阙
等我多少年
默默守护　你华发染上孟姜女
城垣仍旧
不见美人

7

这样的早餐有点故事里的淡
黎明折叠了我三月一十三

桃花启梦有点春的鲜
莫让你的美丽等闲
思念一分两瓣

花开了的枝头给桎梏的昨天
衣袂翩翩送你万里江山
眉头锁上《诗经》里的咸
用微积分的恋
偷你半世婉转

8

北京　是暖风捏碎暮色
是二月龙抬起额头
你在春天之外等候
桃花白了故事的枝头
往事团簇

眠夜的梦啊　高低不就
风声有点冷　冷过春的脚步
说吧　加班的网购
百度　微信也有了尺度
爬上墙头　栀子花开了谢
呼家楼　送你走

9

用暧昧的雨洗掉幻想
用回忆温存玉兰
红过海棠花溪
我独自与春天约会
东来东去

褶皱的诗句人间四月
湿润的回复你笑容可掬
不偏不倚的爱
上了水的年纪

阳光照进心　含羞的春光
乍泄了思念谁的秘密
你悄悄挽起手臂
挽起心事的底

10

品一下甜升高的台塑
六头牛被动了新光
三里屯太古形象
天街与维多利亚秘密相望
医治这份冰冷的沙拉成霜

为咱一次邀约的惆怅
病也没有逾越膏肓
放肆的千秋　规避了谁的夕阳
雾啊霾啊有点风骚的彷徨
不为深邃的瞭望
奔跑吧　血糖

11

月台感冒了雪花
牡丹园的列车进了医院
南锣鼓巷的北边
大楼朝着燕十三
小说放进冬天

微波的心思突然想缠绵
是不是一次邂逅　正好落入新年
她笑靥如花儿的面
故事分割了冰糖葫芦

是甜分割了护城河两岸
这些鸟和炊烟
正分裂我们的从前

12

太古了一段黑白

凝霜了一程晓月
元宵佳节东直门外　枫桥春天
谁与你的黄昏邀约
扒了二月的软　我也软

和她一样喜悦　航空的意识形态
君悦、羽梵　心事突然凝结
你形而上的笑靥
困惑手机上的雪

微信有点微微的醉
醺醺一婉转的树叶
我们的故事开始飘落
弥漫三里屯　弥漫东三环

13

缤纷的心事　晶莹剔骨
寒冰的最后白夜
酝酿了伤感
云过春天
二月二的头　抬高心情

龙之谷　爱是切
从容的感动不迫
咬上你思念的上阙
歌声割裂　还有什么阻隔

盘桓数日
玲珑人间二月　红过霜叶

14

悲伤压着农历的角
挫折有点料峭
喘不过气的憔悴
和左边的工作交错
困与难莫逆之交
春眠不觉晓

右边没有我的鸟
灾祸和二月过
我也不想过
二月斩断惊蛰
雾霾阴霾笑了又笑
困了的睫毛　一个一个地熬

15

热恋的温度恰好三月
晨曦的航班正好温暖
春风拂面　春日彤彤敏感
你会在江南的柳燕
等故事的婉约
不胖不白的卷帘

微信苏醒的较晚
你像纸鸢
像黄鹂飘着蓝天
像左手牵　樱花一样的脸
衬得桃花鲜

你小巧玲珑的心思
突然　突然好难猜
她着春款款款而来
我青青翠竹掩

16

忘掉一句诗　没有忘记你
用睡眠养大的美惊觉了春
路过你的歌声
没有路过你的婚礼
北京时间　红庙路口爱情次第

自行车排上你的鸭梨
东大桥不见了河水
电摩恋上陈经纶
桃花开满延静里　她布谷的僧音
绕道红领巾
爱上春天的早晨
爱上金台和路人

17

和东三环的雾霾商量
一个春天的解救方法
我是从香椿芽的记忆
还有黄色的迎春花
粉红的桃花
以及你的橘红

嫩嫩的晚风
包括以色列的文字
我的文字一起报备
一起触动智神的午后茶

我十七世纪的视力
全然看不清你的霓裳和毕加索的智商
神州专车的智商
小黄自行车的智商
和三百个赞的区别

18

半熟普洱的沉淀时刻
雨外窗前听雪传来
一首清曲终了黄昏
晚开的玉兰盛开了雨季
润了新光天地

北风无语　也无晴的滴滴
你抿嘴丽思卡尔顿
我晓湿了迎春
茶色了琴曲　灯红了午后静谧
心事淡淡香味
谁在走廊里柳绿
她花红的月季

开在三月的春底　轻柔地凝聚
诗句踏上歌的罅隙　钢琴渴望亲吻
我藏起玫瑰
一如你藏起惊雷
思念贴近嘴唇

19

谷雨忘了回家的路
枝枝欲望的竹
与清风邂逅　盛开的梦
入了春末的书　读你挑灯悦目
内外兼修

清心不及深眸
回首　娇羞
颜如玉　亦或黄金屋
行罢千里后　缘长似个愁

东风恶　你的春如旧
你人瘦
满城春色撩人
宫墙皆为柳

20

美丽的书墨
一份至美之礼
休暇再北京
风云吐于行间
珠玉生于字里

京城一角
宅外秋林黄了叶
致更多的可能
致你更多的恬静
一厢情愿的灯火
有一些等待已阑珊

归途已晚
再会吧　上海滩

莫名

1

一次雨莅临
上海滩下意识地回忆
湿漉漉的青春
飞行距离

隆隆的大雨　敲碎黎明
巷子如传说的幽灵
上海滩漫上民国的风
故事绝迹江湖　墨色匆匆
演绎着美玲爱玲①
还有你饱满的伶仃

抿嘴笑吧　轻轻地
宛如三月　最后的霓虹

---

① 美龄、爱玲：指宋美龄和张爱玲。——作者注

撒一下春雾侧耳倾听
你在柳永的词畔
心有千纤梦
总觉得必须有什么事
像这雨和雾一样
需要用命来替

2

中雨复兴号　细雨上海
故事有点重复　重叠
心情不容复制
沪上秋　浓了我心头

霏霏毛细
轻抚岁月情节
浦西　故事的上阙
有了相思的季节

疲惫的伫立
安然的选择
叶归路　尘土为奴
一泓碧水源于信
不折不扣

3

看到太湖走不动
路口上海不夜城
我们的十年
谁没有百团大战
绿笋长在弄口的秋天

一抹绿风脆江南
彩虹桥的左右边
七彩青春前后面
剔除陆家嘴
形容了旅途　人生黄埔①

4

你证券化的今晚
与中海中心握手言欢
我与枫桥的圣诞
看一场大雨一场林海雪原

今晨醒来了贵阳的烟雨
浦东南路的茶水
在9号地铁的车尾
交易所醉了我的左边

---

① 黄埔：指黄埔军校。

羞涩的场景遭遇铂尔曼的钢琴
一餐回避

聆听黄浦江憔悴
衬衣有了伫立的醉意
等待怎样的十月
让花香蔓石板路的每一个魂
始终如一等一个春天的你
不离不弃

5

本来就属于春天的绿
本来就属于我的陆家嘴
此刻属于下陷式的苹果
属于涨满婚礼的黄昏
黄浦江沉浸　国金之下

平安中心
开心的心嵌入式的收益
唯心主义的夕阳　浦东新区
爱在一起　磅礴的诗句
亲吻葳蕤
手握美丽与雪梨的冬季

未来梦镶在未来大厦的衣襟
看一场怎样的电影才不虚度世纪

跌停板的情书
红了上海中心
有了东方明珠的花憔悴
憔悴也不悔

6

虹桥中转了履历
一幅油画温暖了冬
也温暖了雪凉的心事
从慈云寺到真如禅寺
快乐宅过万仞高空宅过万卷书

微光重逢
我的故事兀自跨过明清
未入你城　城无恙
人已怅
陷入千里路的懵懂

吉祥航空邂逅了腊月
愁肠了闰土　润不过你的诞辰
别说这个宋锦抵达工业5.0
移动电信联通一扫而空
把生交给爱情
把身体交给旅行

7

人民广场的三座扶梯
也没有提升你的分贝
萧山有座机场　遗漏了一成① 心事
我步入武林　西湖渐近
又淘气了别离

送就送吧
那些纳西族的蚂蚁
在胳膊和历史的罅隙里烙印
烙印的还有那一汪热泪

奉贤的一抹回忆
瘦了羊山的潭水
这个秋天婆娑了玉儿
名字就是传奇
罗索江的嫁女
婉约了夕阳的蕊

8

大了世界　大了的上海
浦东以东
广阔无垠的心

---

① 一成：十分之一。

越过无数古镇
桥上清明的恋情

涂上美丽　一如葵花的故事
面试小福晋
你的天空湛蓝
我的船　静如水的镜面
宛如赖上的思念　桥墩

要去的地方　溪流和汪洋
除了春天的未知
还有你风华绝代的
自己
还有　还有
秋日的畅想

9

一夜风流淋湿了诗歌
地铁有一点酸的可笑
旅行就是浪漫的高潮
闪了一杯咖啡的腰
用三更麻醉清明的藻

爱情的绿篱上了陆家嘴的槽
心事弯弯弯成隧道
过江的桥　不要撞入我的梦

它很脆弱　三炷香上
雾了岚了霭了的笼罩

10

一觉江南江上黄浦
再凌浦东第一楼
心事叠了秋
雨雾黄昏醉了愁
好睡的云游
惆怅了一杯红酒
一些故事下肚
只有两个人的美好
融入河唤作苏州

11

有一个茶座等我
有一个灯光点亮道路
有一个窗户飘出心事
有一些蓝天为我付出
陆家嘴一直和我懒音
候你一朵雨做的云

与太湖亲密
不是一次爱你　江南美丽
想念一个雨季

小心事大上海
遇见你也追忆
回想她也惘然　　青春点点
浦东酝酿江南
心情突然
过程塌陷

12

一夜倾城的殒落
雨浸入心情的执着
黄浦江游了苏州河
一朵美术的呼吸
贴近黄昏抵达你的情节

所有高潮部分都是影射
腊月嵌进上了弦的琴瑟
下阕的回忆淡薄
我应春日的邀约
与你爱上花朵　　一壶清茶香飘

13

不见寒雨染墨色
已是黄昏饮彼岸
酒盏了上海滩

醉了爱你的地平线
你目光所及思念航线

宋城千年　荒芜了涅槃
醉了亦或是男子汉
一只蜻蜓一柱擎天
缭绕的除了月上江南
还有你菊花腼腆

一本圣经起了雨
雾霭弦上嵌
拾级而上的王的心
背影遗下两次缘

14

与情人节邀约一株玫瑰
与上海滩邀约一首诗的逡巡
一朵朝霞次第　你的心思氤氲
转角的一粒回忆
酸酸的春　失去才让未来无极

简单的声音　一舟相思
世纪大道的四季
这些漂白都有了几何定律
夜晚一个人距离
东边影子孑立

右边的牙齿孤寂

独印黄浦江上的水
霓虹润了我一地
谁的玻璃心开始碎
手机兀自绽放微信
和时间一起剪辑
人工智能开启　读书读到夜深邃

15

一书　温柔了我的手
一茶　平淡了你的眼睛
一知己用尽了谁的纸巾

长宁的一段石板路蜿蜒
你伞下花了远方
湿润的小马路　半个嫡出
黄浦江湮没　隆起的春候

又是一年三月三
她笑如纸鸢
我步入江南
春风不度你无缘
抬望眼欲穿

16

一场虚无的雨
流浪了我的误会
你会清楚这个错落的黎明
春风沐浴　浦东起了晨曦
阳光也还明媚

你是故事的结局
向上日葵向下惦记
黄浦江的一朵云
玫瑰了外滩中央绿地
心事有点潮汐

笑容微绿
南京路上的鱼
吹皱的陆家嘴
一只鹦鹉　迷了大醉

17

雨伤了浦东　陆家嘴花了伞
一群竹子的敏感
投降了春天
隐疼的情节
一半羞涩的梦站稳江山

河水暴涨了爱
故事走偏　低下眉月
形容词的矫健
一杯子开始皎洁
润了河对岸

你窗外邂逅飨宴
谁伯仲了阑珊　拂拭凭栏
天上人间
独自渡你的船莲心扭转
我的情意绵绵你走得悄然

18

徒写一树梨花　微雨陆家嘴
过了三月的春
春分嫩蕊　心思纷纷坠
落了外滩一地

花散了春意
浓诗不服意　突然故事开始憔悴
傍晚八佰伴
西去雨云霓
伴我三岁惆怅　坍塌的理想

快捷酒店夜夜浪
直播的善良　网红了眼眶

你瘦了谁的高尚
一款诗句正合云上
袅袅的悲伤

19

惊觉　南柯一梦
花注定　存在的合理性
你需要哄
用蜗牛的耐心
用状元之名

坍塌吧　黄浦江的臃肿
爱你比较中庸
雨夜情濛濛
睡你一个晚钟
就一个风流的奢梦

鼻子高过隆隆的胸
闭花羞月　姹紫千红
像它的笑　美瞳
胜过桃李芬芳
春满申城

山与城与水

1

是一碗小面诱惑了我
不是星光68　证券化的协信
是发酵的观音桥
蛊惑了我的奢侈品牌
这晚来的雨水雾化了天街
横竖皆有10亿的租约

你是嘉陵江的月
凯悦今夜生就了大融城
朝天门朝我步行
爱情的界面朦胧
长江上了独门冲

我在鹅掌门等你匆匆
心情长了烧鸡公
巴山下了重庆

上下有晴
美女如云的江津
入了火锅的梦
抄手抄底了晚冬

2

盘溪只是送我的栈道
妹子是美女的简称
再别解放碑
挥手三峡广场
彻彻底底地离去

你送我朝天门
鹅岭上的挽回
烧鸡公尝了记忆
照母山缺口回忆　你在江北渝北
宝贝　龙头寺送了两地
一半的夏雨一半川剧

3

与每一次美丽相遇
与三峡广场续一段传奇
巴山夜雨
雾了那些牵手的月曲
嘉陵江依靠杜甫诗句

朝天门想碰到回忆

鹅岭向你的飘逸
惦念谁的水煮鱼
观音桥上一抹相思泪
上清寺的笑靥如花
与我再回解放碑

江北嘴咀嚼不了鹅掌门
大坪上有你的阁楼
恰好生在我诗的腹心
和她坐卧云端
看南岸一片杜鹃花
烧鸡公烧红了春季

4

雾都没有了夜话
偷窃情书给你私语
青春没有挥霍
挥汗如雨
朝天门没了门
登上阶梯　接近你的美

上清寺不见寺
遇到施主　有了凡心
观音桥的观音无觅

我在黄泥磅里献身
大坪很大　南坪不平
你在江北嘴的嘴
吻上我的呼吸

5

厦门的门外
有一场小雨比速度
刚下的重庆一点点
在鹭岛遭遇一场大雨
原来秋天一路追随

随了凉　随了心情　也随之氤氲
有一个小事叫爱情
微微一笑而倾城
乌兰察布的头巾
飘过鼓浪屿

观音桥寻观音姐姐
来了神仙妹妹
星光68遇到谁的女神
聆听再活五百年的歌曲

6

留五分钟想一个谁

草掩了一丝画意
你是诗情绵长千里
没有一株微笑属于夕阳
就一抹蓝黑

一抹相思的眼神
海拔两千米
邂逅江北嘴
仅有你半步喘息
挽手扶梯
禁不住想　吻你

7

世纪城下了火线
你箭步速度极限
激情过了八遍
彼岸　望穿
长情向日葵一笑百年

柏拉图的爱　卷筒鼓染
一场剧情杀青不了今晚
橄榄　迷乱
饰演丫环
我从你的楚河汉

追逐薄面　峥嵘的故事
情节骨感
一路迤逦的琴音落了雁
粉碎我或跃在渊
青春飞龙在天

8

在你的土地上留下心事
为了情人桥上的一刻相遇
四月西双版纳泼水
滴滴相思的雨
给一春天一般的明媚

邂逅漫咖啡
重庆印象你最美丽
嘉陵江朝我的北
烟花绿林西
青门一分手　难见杜陵人

9

换一个离别　换一个接机
突然的伤感
和传销一个模样
邀约照母山

邀约南川
嘉陵江的小雨
爱绵绵恨绵绵
再约二十年
山城雾弥漫　情也阑珊

离别　与山水辞旧
相逢　与青年扬镳
一个新的热爱重生
与炎热开始起航
不见不散的新生　兀自朝天门

10

观音桥伤了电影院
情侣席上少了一个春天
五月蹒跚　别让江水连绵
别让船只偏逢连夜

这个夜晚
你和我一样的悲欢
一样的憔悴
那月儿快满
等你　心醉了西天

江南和江湖

1

杭州与陶然亭隔着一条街
雨季与南宋只差一站
一牵手的距离
湖边　音乐喷泉
走南山下了某个书院

梁祝依着楼外楼
陪真宗一起疯癫
一个湖不如一只蟹
一条白蛇传奇了西湖千年

作罢白堤一吻天堂伞
我是否与我的娘子相遇
断桥啊　你是我心中的栈
诉说千年

2

李先生的羹　一碗小面
没有牛肉的西湖春天
你在玲珑小镇喝下许仙
形而上的钱王祠休了江南

爱情会在美术学院
潮的东窗　绿了金莲
谁又会为我卷起帘
夜阑珊
独睡的钱塘江瘦了我的临安

3

过西湖　另一半的传奇
漂亮了苏堤
那年的航空路　粉碎了莲的梦
一部港式宫廷剧　撕裂了剧情
笑看风云少时秋　要春华救命

那场我不缺席的生日宴
白堤孤山订了婚　雨濛濛
三十载的回声
寻不回我的律政
将军不再是主角
情与青分不清

4

那个清明　谁来祭奠雷峰
十年河东
谁与我重温卿
绕了临安城　商女不在
细雨忘了恨
遗了楼台　烟雨中

再回宋都　繁华六月荷莲藕
水静穆　你漫步
我孤独
蝴蝶一样的舞
春风雨露

5

苏堤远过山麓
一首诗涨得好辛苦
回忆将理想淹没
那皮影长得像桥下蝌蚪
故事泛舟

岁月摇橹　糊涂
慢慢地相思奉天承运
漫漫的水路
心情徘徊　爱你辍

6

继续循环地喜欢她
盘旋地继续爱她
伫立苏堤　心中春晓
静待断桥想那残雪啊
你一如平湖
西溪之后　是秋月

7

最忆是杭州　最梦楼外楼
湿地湿润了冬
你是小雪
濛濛雨淋了走
羞赧了绯红

不小心的莲藕
青梅煮熟
少了一部春秋
你款款柔　杯酒食指扣
怅惘沙子洲

8

喜欢雨　喜欢雨中的西湖
没有重复的故事

没有美丽邂逅
断桥已结　残雪不再
湿湿的等候　哀水如愁

9

再别孤山　寻觅一抹绿水
等一个撑伞的回忆
飘渺世纪
苏堤上了鱼
有多少伫立就有多少诗句

湿地　我冷了的流莺
错过季
美女如湖水
点点滴滴
你是谁
我在宋词里等你

10

在西湖　不轻易放手
为谁守候
青春和神话都保留
为你的剧目
靠近南山路　她已飞走

岸边垂柳　不见柳浪闻莺
千年一个书院
还有夕照雷峰
娘子不姓白
楚歌畅杭州
岳武穆　盼一部遗书

11

头枕西湖秋风不渡
逢一个良渚　飘过楼外楼
守一个千年故事
湉湉梦如

残雪嵌入白堤深处　与你邂逅
不过是十年故
再回秋月　陷入庆春路
读你一部　孤山不孤
不觉已醒荷花坞

12

一叶草说过乌龙
小雪有了清风
送你西泠　午后兰亭
一裛楚晴
吴越点点痛

好啊　降温的心情
莫要遇到小青
白了雾灯碎觉
请你截下半阙梦
梦断了　断了我的关情
不关你情

13

冬月过了西湖
等你到了不再等候
最忆是杭州
还有谁更眠了宋都
楼台倾尽浣溪沙

晏殊老揪了柳永
唐诗和羞走　她倚门回首
李清照的雨淋了我一头
骑马遇到赵构
穆家寨的桂英也不保秋收

海瑞隐居千岛一路
只有我无聊看梁祝
岳飞不在　法海已殁
苏堤与钱塘陪我走

14

路过你的二十五
路过我的西湖　路过梁祝
还路过谁的全世界
爱情误入藕花深处

心事多年如故
苏堤春晓了朝阳和潮露
是不是有一阙诗忘了入吴
你在楼外楼
等一位女子娇花似柔

南宋已陌路
是武松醉了山麓
还是娇了你的羞
诗藏了头
我遗漏了你一首

15

细雨江南绵绵
我坠落西湖边
伞花落序三潭
希望逢一位如你一样的玉兰
与西子邂逅濛濛雨天
是你玲珑身段

诱我堕入喷泉

长廊絮语菲菲舞
一舟相思柳绿点点
你会不会是藏在伞下的三月天
春风渡劫苏堤岸
丝雾眉眼你是美瞳仙
过了吴山和南山

莺歌姗姗诗不见
水翠陷入千年
梁祝遁入书画院
爱你钱塘十里
一如陌上石阡　　只待云散
挽你小桥水　　妖娆春天再也不思还

16

近在近江　　看不到之江
徘徊在娑江
你是春江
一朵玉兰有了香
阴雨也需要浪

要浪就浪钱塘
西有湖东有江
有个湿地也疯狂

水润了彷徨
苏堤也过往　思念嵌上

爱情也行而上
经过你的新塘
看到她娇羞如莺
柳絮景芳

17

离开西湖　在一个无我的春天
月台朦胧了诀别
下不下去的雨
阴霾断桥上　老杭帮蒙圈
总希望逢一个明媚的月

一个人走一个人来
你在月里吻了再走开
总期望邂逅一个阴雨绵绵
你在天堂的笑着泪着说再见
知音漫画玲珑的眷恋

还有多少个傍晚
陪你一次孤独的晚餐
一次旅行楚国洪湖岸
再别西湖三月天
你的笑靥绯红了漫山

18

天堂再牵线　重回断桥边
心事多过烟雨红颜
霓裳多过江南
晚灯莞尔流年
喷泉一个一个试验

都是你思念玩转
酝酿　眼睑
每个有你的诗皆是缘
我最后的表演
层层叠叠的恋
全是你的四月天

19

草稿相约不了杭州
只邀了梁祝邂逅
楼外楼和睦
烟云不见苏陪浪漫走走
再走走西湖

借诗一首二首
百首一如一百艘
新舟旧舟
两只白鸪游啊游

牵曲子的手

闻莺听柳喷泉
霓虹婉约南宋
上河图和羞层叠云雾
你爱你入住
娘子白了头
愁了絮天堂杭州

20

醉了的新竹　醉不了龙井
人间四月　轻雾
云壶　你是岸芷汀兰
卸了春秋
清明也不过消了晚钟

雷峰塔关不住爱情
荷叶饼　牛肉羹
过桥　一座　二座
十座不如彩虹拱
苏堤白堤春晓了武松
不回汴京

不回家祭
一个微信告乃翁
烟波亭　十里春风

左水右山皆关情
你笑　你浪
你醉浓

21

再回杭州　又忆西湖
春风雨露
你再几度　四月童话
你盘曲矫若游龙

给七点钟的预约
留许多思念　留你风流栈桥
东坡起雾　棠棣小船
游荡的霓虹

羞赧满面　春痕了海棠
白了我的故事
一片一片　染了春天

22

不是等一把伞　是等一场雨
不是遇到断桥　是邂逅你
一段传奇
不说流年　不说花开
善良从未缺席

爱从未离你而去

这个冬天很冷
妈妈的小棉袄被人穿走了
岁月从不败美人
谁送走了你的嫁衣
断桥的幸福指数
在这里交换蜡梅

23

邂逅江南　歙县虞美
钱王祠后云过西湖人家
雨刷南山美术
封断爱情去途
风吹印月　玉美栈桥
光折断来时路

是夜　澜波吻痕细雨
挥霍九溪　忘怀春雨
那个眼神　静候
读《离骚》　让神话入口
沁人心脾的音律

故事过小桥　绕过南宋
十里花香　盖过梦
湿了的半阙诗　断了风筝

我和你　云濛濛　了然了旧情
两岸雨篷　迷了龙井
卡布奇诺羞了霓虹

24

醉了谁的楼外楼
睡了谁的西湖
钱塘会了宋家沟
黄昏时分过后
你在霓裳深处
看我霓虹

一天又一夜　陪伴是最长的美
欣赏最是无语
品尝一直诠释伦理
花儿为什么这样下自成蹊
草儿上了墙壁
你在青红之间
兀自肆意

海与岛

1

长发挽起你的手
海风吹起闽南的袖
就这样单车到轮渡
一束玫瑰结了酒　绕过筼筜湖
一眼就瞧见了结束

沙砾割了眼球
我们一直走
逃不过那些桎梏
没有海浪来祝福
从此以后会有孤独
竟然一别就是永久

2

厦禾路还是这么悠悠

这里也已是缘过的愁
帝豪还能多少次见
除了金雁　和湖
只剩下闽南大酒店　回忆装满秋

岛上牵你走
怎么走就走不到泉州
如今我白了头
你是否依旧　光头
或垂如柳

3

最是青春的尾沙
最是椰风的彼岸
台澎金厦隔着思念
游过那个礁啊也是夏天

风吹过台湾
也就是我十分钟前的汗
滴滴两岸
我们同一个家园

高粱酒喝红了你的脸
姚督的铁观音等施琅的舰
远去了郑氏日月潭啊
你还有多远

4

尼伯特预警
岛上一次避雨行动
朝南金门上岸
你是一次婉转的风
恐怖了鱼和船

落户前浦不夜城
鹭岛不见了小暑
观音山闭了户
厦大不远隔着十个春秋
南普陀求的那个佛
是不是给你了如诗的归宿

5

在厦门的冬季
爱是不均匀的
有点偏爱的
比如环岛路起先了马拉松
比如游艇码头
比如直升机飞了空
故事叠加了思明
鼓浪屿取名浪漫

6

这条裙裾　羞涩了海岛
这条跑道尽显了妖娆
故事有点文昌鱼的珍肴
贴着沙滩向湖里陪笑
浪花啊涛涛
我在海的记忆里淘宝

这个夏季有点草
你在演武大桥
我在怪坡
钟宅湾呀海底隧道　雨停了
还在跑

7

湖水清澈平静
海水安静轻柔
观音山半醉风流
半屏山观澜清幽
这里少了怎样的情怀
软件园多一些数字好汉

浣纱路你光着头
牵着二十岁的手
听一曲成都　我俩在嘉禾路

唱熄了路灯　抱着睡混了床铺

8

黄厝和南普陀
在厦大一角聚首
然后分手　台风让你走
腊月下的都是愁

思念越过环岛路
爱情漫过前浦
我们在鼓浪屿走了又走
走不到漳州

9

故事拐了弯　海水湿了封面
这些青春生了病
沙滩梦魇　角落的岛边
繁荣了我的江山

泼墨七天　晴朗了情节
向前的滟荡秋千
白鹭洲高傲了闽南
那个婉转的姑娘
去了哪个窗哪个扇

10

回忆她忧伤的晚秋

醉酒朋家阁　一如凌霄花的爱

读懂戴望舒

沙无恙犹如你无恙

海无恙譬如你无恙

而我已陷　陷入另一种惆怅

陷入波澜如雪　千年残梦

又袭上闽南

多情鼓浪屿涌上来

遗落曾厝安

钟宅桥也易了名

你散失观音山

厦大的角落咖啡店

老了十年

我还会去看看

11

高尔夫潮了汐

是谁的演唱会

灭了欲　云丝了北

浑然一体　和谁相遇

斜了我的日记

向桥的南坪如了城市的意
一泓碧水
老了红花绿果的司机
叫池不叫海的声音
喂养的单相思　一步到位

黄昏有画意
你的额头有情意
读过我们的遇见
满城风雨

画篇

西双版纳

1

爱上西双版纳需要一个夏季
爱上伊人需要一场热带雨
相遇没有痕迹
江边夜市逡巡
泰国街角缀满回忆
和谁

告庄西双景靠北
澜沧江着急　六国东去
我不得不乘舟
诗歌三千里　藏着你
滇人不离不弃

两次登上江堤
白了一眼的鱼跳上辞语
大陆线小了橡胶的经纬

泼水不远千里
傣族的谁蛊惑了我的泪

2

这个立冬　润过我的热
我的雨林我的九月
十二个部落划去西双版纳
风在彩云之叠

格式化为零　从一开始吧
茌荨普洱　勐海勐腊
哈尼老去了回归线
21度正好潮了你的角楼她的寨
椰叶去了四十载

3

景洪　撕掉日记让你走
只因为邂逅太美
爱与香蕉一起陶醉
夕阳无怨西瓜无悔
橡胶树上记载了多少风霜

碎了的理想
勐往少了一份关怀
错误的澜沧

把心门叩开
难道不该
经过你的勐海

4

与傣族一步之隔的
是泼水的声音
曼听纳妾了公园
嘎洒喘了气味
是孔雀湖的雨

有点怀念的冷
幽默了熟普的芯
你是属浪漫的
今夜风声有点紧
涤清了正月

心事斜跨湄公河
你在告庄如意了春天
我将你的故事拎起
椰子雪糕收藏了那些回忆

5

来一个傣味躲避雨和悲摧
用菠萝饭妒忌你的憔悴

大象是湿的　潮了一个电话
中断的不是澜沧江
是般若菠萝蜜

傣家人喝一杯咖啡
有点普洱的味
像一个吻　甜蜜蜜
像一位玲珑的处女
湄公河上取水
大金塔兀自淘气　笑谁泼水

6

新桥对着曼斗村
我在告庄吃曼飞龙烤
右边是雨林
前门弥漫好多记忆
你在哪里

五月莅临　是这对傣汉夫妻
给我们最好的归期
香蕉味　橡胶泪
东边听雨
蓬下滴滴

芭蕉叶下的积水
有点沉醉

年轻是这里唯一的美
你是最后的佤族
最好的热

阆中古城

阆中古城等千年的相遇
等千年的相遇
等一个人
不如
陪你花间堂
陪你一个醉

春秋大梦觅十世的轮回
夜游嘉陵江
爱上环城水
飘雨纷纷携手陪
相偕一万里

需要邂逅一株玫瑰
翘楚江北
巫山云雨
倾情依偎
抱起

大理

雪茫茫的一片
无泉无湖看苍山
湘湖有记忆　湿地有新曲
不是一把伞
陪你晒了故事

是等一场雨
遇到一段传奇
陪你苍山洱海
伴你沧海桑田
换一个心情离开浪漫

梵净山

独自离开
没有一句诗适格①
索道别　我静静地等
进站的古诗已经开演

青春是中年的缺
一亩通天界
天门夜　霓虹卖了月
心事叠　车是绿色
风掠走的站台
一步皆是诀
别

---

　①　适格：法律术语。指对于诉讼标的特定权利或法律关系，以当事人的名义
参与诉讼并且请求透过法律关系来予以解决的一种资格。——作者注

京杭运河

1

东海朝东　运河朝南
你是扬州
不轻不重的古典
祭奠千年
河水不咸

碰巧的美人迟暮
留下渡河候我一世情缘
用水为鉴
炀帝乘龙辇　佳人相伴
琼花落一头是春天

2

高邮湖　苏中向后
心未停留　脚步还在走

一朵奇葩　生就着一身娇气
于是有了度假区
于是我与秋天和月亮湾比邻

湖路一程憔悴
故事的一角兀自小雨
洪泽的珍珠红豆
相思了十月还相思了谁

南浔古镇

1

寻迹江南　难寻梦澜①
水醒一个太湖蟹的冬天
千寻一茗香艳
天下湖品
古镇镶嵌

一汪古桥边
大明已暮千年
独我水乡餐
待我爱罢江山
与你共饮浔溪泉

---

① 梦澜：指梦澜服饰品牌店。——作者注

2

一丝夏凉款了南巡
咱们赏花赏到晚归
读一片江山
遇一个美人
楚天是一个谜
湘女多情鄂女独立

你喋喋妩媚
哪一首诗扣开我的门
虚掩的情真
突然停顿　啊哦
一个石门　撞上一月中旬

舟山絮语

在群岛等一群云
晚霞泡上了普陀顶
一不小心睡了海洋
你梦到了霓裳
与普陀亲密接触
与舟山浪漫相遇

朱家尖岛
偶尔雨　偶尔朝天门
美与霓虹共舞
姚江邂逅海水
等太平的歌与群岛的曲
共饮一碗豆花鱼

东海贴上众岛屿
煞如灯笼挂上临江
不见台州有伊人

凤凰古城

1

凤凰天下苗寨要约
故事左鞋右穿
花非花　凤寻凰

晚空少了韵律
凌晨寻不得仙遇
让岁月苒苒葳蕤
罢了闲了的流莺
沱河恍惚了忏悔

吊脚楼还会遗下雨
载不下履历
一波过去又一波浪花飘起

2

五月春风已度
凤凰飞上头
你不走我不留
美于心的阅读
爱是十字路口的霓虹

一湾碧水清透秀
落絮有情天也晴
风蚀无前生
水也匆匆你也葱葱
花外笔画朦胧

心空　幽径
京都动画心你懂
花红　椿醒
爱也从容　情也淡定

长安赋

偶遇都是古典　青春不突然
历史笑容秦汉
长门赋值多少钱
冠军天蝎男
破了匈奴三千
虎贲虎符奠定皇冠
过去了二千年
衣冢尚在
我做不了汲黯
你成不了牡丹

鄂尔多斯的早晨

响沙湾西去
黄花沟草原东进
你的人生要么信马由缰
草上飞要么大漠戈壁
滑沙飞　一步江南
一步塞北
一把羊肉一仰苍穹
一牌掼蛋一笑泯仇

高邮湖净写

扬州的颜值惜败京城
花儿一样的奔放
叠加我的旅途
龙虾的盱眙

洪泽的味觉像端午的红宴
肆意开饭
心素已闲　一种声音
从月背上升起来了
已经想你了良久

她熄灭众多的声音
痴迷于那些不为所知的感动
四十年的时刻重临
我止熄于自己的燃烧
是速度带给我的一种宿命

去锡林郭勒

朝霞和我一起迈入你的四月
飘渺的梨花愀然琴行
归的心压了海棠花溪
你与阴山誓言放弃

一同相爱的红
纤云细岁
红花的心故事了步履
与你放马清清的湖水
醉了的北　与你放任

携你入了草原的春
五一的呼市最帅　最美
隔在你们和一个
梦之间
要再经过一个黑暗

黔西南遇

不是滋味的云贵
累了的诗句
上半阙逃避　下半场哭泣
从此与茅台决绝
和温柔江南结成小镇
花开花谢你如此美丽

与每个午后怀孕
这是舞台的武艺
是你的蜜胸直径了冬季
三九的勤奋
增长率的哀伤爱上中央
中央的绿地

夜西街

母系褪了鼓楼的色
爱情偶遇梅雨季节
老街老桥走过千年
阳朔浪迹西街
鼓手和音乐
吵醒了西江月

桂林一别
银子岩迷上了雪
佛寺十坊乐　圆圆的惹
民俗上了七月
漓江静谧了杨三姐

今夜夜黑的色　蔓延开来
放一把刀刃上的岁月
和姑娘一个满怀
黄鹂爬上思念的窗台
绯红的欲望　斑驳的烟色

川中穿邛海

南川　岷江东去
与天府点点
你抿嘴婉转
黄叶也落金沙岸
我将离去　西昌日月

栈道仍在　不见岐山
挥泪马谡　血淋我手腕
二辞眉州乐山
七姑娘山温存竹林七贤
孔融梨后　日不敢入川

唯留渊明偷我一日闲
散花曲径
霓虹换我无限江山
要么和唐诗一起轮换
要么谤满人世间

普洱缘

逗留属于昨天
深邃的夜晚
谁给你的伤害
血迹斑斑
就这样投降吧
所有的故事都晚点

人间九月　心有圆缺
普洱茶在左边
你有你的虹
嫁给南腊河吧
一阙浪漫毒杀了傍晚
有一个下午不歪不斜
正憔悴了西天

临沧之浅

云之南　偏安
孟和曼邂逅澜沧江
象和孔雀浪漫湄公河
于是　雾爱上茶树
霭恋上傣之玉
有我　刀客家的男人

湄公河南去
涛浪琴鼓迷金塔
雨未来　你未去
橡胶树的咱
等着香蕉扇的谁

赣州颜色

油菜花在左　你的故乡在后（向后）
思念在诗的最里头　往事冷寂
衣沾满湖水　蹒跚的泽
苦苦地流过那一页页格纸的忧伤
远离春季　18度的惊蛰
章水

一季繁华落幕
贡河远去
流淌在岁月湖泽里的故事
也随波浪逐渐散去

三清山传来熟悉的古曲
沧桑的一遇
钟情已陷在红尘万丈之外

小暑大兴安岭

青春在大森林中挥霍
心情在雨林深处漂泊
澄清的故事弯过彩虹桥
你在路的一头
莞尔一笑

倜傥的雪痕
小说里游弋
夜幕镶上惬意
森鑫公园的木屋途经我牌技
小暑留下你的魅惑

单车骑过街中心的
拂晓
莫尔道嘎最深情的　眼眸
爱越过所有的烦恼
洒满山坡

室韦口岸

美丽属于黄昏
夕阳让中俄陶醉
故事让额尔古纳隽美
室韦不恭维

一定会有一段旖旎的传奇
不是宰客的羊腿
是一抹微笑面对
是好客中国的素质教育

又不是雨季
没有谁邂逅谁
没有一寸土养夏历
暖一暖七月的胃
不打扰时光　不惊扰界碑

吴江画江南

吴江不是江　有西施沉鱼
湖在西　梦中游
越过吴郡
京杭北去
西出阳关三叠无锡
不锁二乔的东风
一夜梨花碎
我的心事横生菜花
你丛生百魅

包头一夜

1

让黑夜投资了黑色
寒冷走上钢铁大街
一连串的悲欢
迭起上演
不得不回避的故事

窗花一样的雪
蒙古不再是草原
馋了成吉思汗
香格里拉不在南
一路朝阳　赶鼓楼赴秦淮

2

朝霞和我一起迈入你的四月
飘渺的梨花愀然潜行

归的心压了海棠花溪
你与阴山誓言放弃

一同相爱的红
纤云细岁
红花的心故事了步履
与你放马清清的湖水
醉了的北　与你放任

携你入了草原的春
端午的你最帅　最美
隔在你们和一个
梦之间
要再经过一个黑暗

泰州月圆

这一刻　黑了谁的窗
乱了传说的床
座椅发酵了禄口
梦回东三环
斜了锣鼓巷

与你扬子江夕照
斜了金陵的心事
再走岭南　脐橙的甜
封了闰九月的胃
让云吞浸入北回

九楼的新模范
越过玄武湖的心情
云开雨散
那个星际穿越
穿归长安
我在清明上河图　等待慈铭体检

常德图解

蝴蝶不懂花的泪
人落江湖在石门
清风徐来　逗留纯真
你会在陌生的诗意栖居

遇到谁　满面菊
湘北无雨　青春无悔
有一个怎样的迷恋
让思忖伫立

小城静谧
不自觉地停下足迹
是蜜蜂花　中开了蕊
心里有了醉

同里古镇

一袭红袖　我和你
邀约竹行街　莺歌梁祝
明清邂逅　邂逅泉州
两下同里　桃花依在
缘笑春风

初见苏浅　和吴郡烟柳
姑苏三桥午后
有谁从窗棂探出头
端坐香格楼
与谁的粉黛相遇
掏空千年瘦

倚门回首
味道江南一半闲愁
三月娇光侵上树的眉头
折断飘絮
是你的刺绣啊
误我青梅嗅

三峡

又是别离偶遇巴雨
利川之鳐鱼嘴
几度船坞送三峡过去
众山旖旎阴霾如泪
登上谁的客船
长江东去巴东　满眼雾水

是你怀念我的愁绪
一柳暴露多年的渝遇
是我思念你的泪
几经辗转千里
江岸依旧　你成了谁的谁

徽州古城

一路清风拂柳
桥桥相扣娆上醋
遇袭春熙的旅途
歌罢九州江水向东
蹒跚我的漫步　你说你不会走

古城开府　夜妩媚
那些霓虹的浓意
多少有你的香味
飘过富春江的鱼

在春天的圆心等西风瘦
状元牌坊拥吻的时候
甩一下头　辫子给古道梳了
白鸥黄了黄山也黄了徽州
歙县着色了周五　握手
思忖如故

芜湖三月

人间三月三
就近与春风拂面
近水与长江亲近
帝王绿植了鼓楼
我是这样看你　看你
多一眼的绿柳

观光旋转楼梯上去了
下来了缩小的心事
楚楚动人折旧了累

前朝的板凳
你的头发在《诗经》里飘逸
嘿嘿的回忆
透了三月的白
你羞红了天

星海广场

1

阵雨盘旋了降落
在云端思索　抛弃的音乐
这个寒冷不多
足够喂养我的微博

莫愁湖上演了海棠
珞珈樱花别过
星海湾向左　长得如潮
海依旧冷　一如跨海大桥

觊觎我多少年
船渡蓬莱阁　别了
别了
这里的故事依然冷落
和二十年前一样不减色
誓言似华表　漂泊

2

海韵　一窗暗媚
心事嫣然　瘦笔素笺
两缕墨香戏流年
捡拾月下海星
随几片闲云　掬一抹暖灯
一袭衣袂飘飘

长发漫卷浪漫
萋萋故事
陌上谁的花香
恬淡淡的心空
温婉这一种淡然

湾心澄净
万千尘凡都随你去
心静如莲
一缕馨香静静再缓
任光阴荏苒　心素已闲
瓢饮了海鸾　苏浅

安阳近

安阳　远去殷都的繁华
近了我脚步的迟到
长高的中原与长大的黄河
与太行婉约
动过你美人的心

蹉跎的一抹
让她删掉高分贝的等待
一等三千年　换了竖起的氤氲
我只等一个百年的自己
慢下来　用诗洗涤

满目疮痍啊
奔波而来的傲气
爱情孕育了谁
等来的就是你
姓甚名谁

清明祭奠

驿城北　遍布烟云
出生地湿了腿　在菜花中渡过润
雨纷纷的节气　滑倒了新添的坟
鞭炮响起　黄了故乡一地
乡音一曰耳顺

蒜苗形容了童年　韭菜温馨了幼岁
罗汉豆的梦境迤逦
梨树下冥想了池水
伞花儿撒落一隅
几十年的邻居记不起
不改乡音

三五岁顽童仰望笑咪咪
麻雀枝上柳絮　西洋湖栖
飞啊飞好似三十年前的报喜
长不大的歌谣还是啾啾得响起
断魂的雨淋等我几万里　归故里

抚州追忆

抚州停靠江西
生活像花一样绽放
让过去过去
烟消云散一切不美丽
夕阳红辉　不忘初心

湖边小憩　波光潋滟
向着阳光　留背影于黑
笑对明天
把昨天留于后背

藏在花草的旅程
藏在风景里的如梦画湖
藏在谁的谁心中
累了江南
偶然　轻依依

夏至威海

久违的逸居回忆
曾经的沧海砩谕
波浪翻花依存　青春啊
如是夏至　你在哪里

看太阳黑子　白日灼了心
我来你所恋　你去我所思
葳蕤的诗句
参差不齐的潮汐
如是夏至　你在哪里

青花瓷邂逅霍尊
节目流了眼泪　海市已起
顺风正好吻上《小宝贝》
蜃楼对着威海卫
如是夏至　你在哪里

姑苏吴中

姑苏江南　涨满黄叶
万情醉千年　任性太湖边
情绪有点婉约
深秋深入我的十月
黄昏的茶社　与风流温馨
曾染

坐看千帆过　醉卧白云间
不要履步行街苒苒的枫叶
阅我唐宋　读下霜降时节
雨儿啊你莫上北街
玲珑的心思　嵌上阑珊

歙县

十月进入我的徽州
太白楼与太平桥等一个人
秋已秋了千年的河流
牌下还有谁　自拍了古韵

宏村自然了水
一叶孤舟泛起歌曲
花炊了安徽　一座石做的水城
五座桥墩过去　寻觅
黄山松紧了腰身

总有这么一个夜晚
霓虹照耀我的醉
口中是嫩绿
练江的波纹　泛泛有你

安和徽

与望湖一段情缘
和天鹅湖一阙伤感
日出包青天　你上千年
宋词小篆
婉约的风拂过谁的湖畔

歌一样的唐婉　望远临安
我在百里奚① 梦见
上段的爱情　下了淮南
不是我丢下心事绵绵
秋菊啊　一页翻过大别山

---

① 百里奚：地名。——作者注

岳阳楼不记

岳阳楼江上洲头
风雨同舟
某个佳人　在水一舟
这个净土俘获了多少春秋
我水路荆楚

我下去鹦鹉洲
我瘦了西湖　我莫了愁
我从容赤壁　我做过仲谋
我公瑾烧了曹救了刘
我既生了瑜也一时亮了剧透
我不下扬州

别了赵州桥

诀别某个羽衣霓裳　再别赵州桥
正定当时　秋风迎冬野
那个零落的童话只在
阳过清脉　太行抛在后面
我与哪个麦浪有过邀约

是纳兰的词　阳光曝晒
是少年赢离了赵
不见远山　泽被河间
说吧　属于大地的蹒跚
你学步她效颦
我学步邯郸

瘦西湖

这个美女的故乡向左
我的故事向右
京杭运河上的鱼儿畅游了南
江山在北婉转　不得不说的梦啊
叠叠的黄昏飘渺
一点钟的思念
瘦西湖的合欢
星星点点
你的笑靥　如菊心湖畔
一如扬子江白帆点点

昆山随笔

昆山没有山
码头向着海向着湖　向着上海
于是北京去了广州　没有眼泪
是雨水从北国的雪花飘来
还要凋零的故事情节

蜿蜒曲折
大明的舵手始自泉州来崇明
我吧　每次孤零
这次带上你一带一路
我们海上丝绸我们敦煌唯物

月亮湾

这里南太湖　这里莫干山
这里是隐读村
这里冬天　月亮湾
这里有你悄然
百般烂漫　花中间

阳光灿灿　我在这里等你
魅力环湖美丽江南
你的丝绸捂面
你半世缘
葵花的影子斑斑点点

靖江姑娘

偶遇翡翠　姑娘属性狐
印花雪天鹅湖
故事的底端　庄重喷出
离长城很远　你的心事坚硬
好了　别回头
拨开迷雾　森林不旧

丰腴的影子
喂饱了眼眸
呼吸涨上三斗
芊芊细手　嫩了江南
柔了晚秋

月台白了月光
送夕阳一束
缀满前世的壶
倒在诗里酿成了酒
一饮就是鸩

闽江上

与榕城多了交融
与东街口梦了满秋
一盏热茶　瞒了三季一诺
岁月我已煮好　等你来
临床　对坐

话说于山口　闽江分流
多少回忆起了雾
谁来赴梅一约
雨亦妍装　时光已扰
一岁倾心飘落
心事继续着　放不下云朵

只记得你瘦只想着她媚骨
阴沉沉的冬季惆怅了满腹

莫尔道嘎

草原小镇　哚拉小屯
边陲俄蒙
偶遇其其格　你涨红的美
火烧云　鸡鸣狗吠
正中红心

家庭游　游过国门
扎雅的博文芳草萋萋
不大不小的云
恰好装下我的温馨

湟水

青的海　西去的宁
远去白云　东去黄昏
我张望马兰蔻
青藏旖旎
从南川河流去

我们的水塔啊
茶卡盐湖等你
喝一口也醉
小美如樱桃小嘴
精巧似汩汩这湟水

隔三世三生的藏语
饮马穆斯林
吃一串莫家的鸡翼
和心事邀约清真寺
弥散之后
我们各奔东西

呼伦贝尔湖

猛犸的故乡　折射夏季
恐龙的旧世纪
心事朝着满洲里
传奇属于扎赉
谁是呼伦湖
你是贝尔

大兴安岭结满相遇
我是等你的
大片森林
和空了的草接吻
故事有点左传
心事有了春秋

迷醉日照寺
骗过纹身　行侠仗义
丘陵下湮没了爱几分
穿过诗经里最薄的衬衣
含上湖的唇

北海红树林

在北海等一个红树林
的你
在北海等一个涸洲岛的你
在北海等一个银滩
的你
一个老街的你
一个飘渺的　你

秋蟹来自阳澄湖
我转道太湖苏州
航拍北部湾的海
美丽传奇
一夜千里
为一股潮汐

怀化深秋

怀化　深夜造访19度
北纬有点凉薄
秋之韵青涩
你莅临秋天
我西装韩版

风吹九月　晒黑了雨伞
怨不得的金陵
念不尽的嘤嘤
节后把对航空的爱
融入奔波中

平遥夕照

无意闯入古城
初见亦是再见
航班把我带到晋阳南
如醋的你的酸
一碗恰似刀削面

邀约酒伴
是谁越过太行山
有一位秦琼好汉
醉也寇老西　成了李渊
会不会有红拂女

飘香代国
文帝不在　肉刑也远
薄太后百年
昌盛了汉武的汉
我们的祖先

银滩之上

1

让远方成为海　你成为天空
我和你成为蓝
季节有点糖
冠岭之上　心思寒凉

只有寄途远方　远方不是宋朝
是柳杨
琼花染上霾也染上启航
染上莎翁二十四行

2

一朵粉色阳光
你是艺术的圣餐
银滩之上
西斜夕阳漫我馨帐

过了昨天

架生活于十字受难
一本书的成长腊月恋上梅花香
白沙就要起航
故事也有理想

旅途才像花儿一样
潮汐不彷徨
船只只向往

泼水节

这里春风十度
月光像你一样温柔
我诗一样的派头
和四月一样的问候

心若不疼　阴天得宠
笑脸九号大的寸头
后山的一刻钟情愫
满目相宜的雾谷
谁还忆得春风起

恋你的宋词喋喋不休
梦里的蝴蝶啊飞啊飞舞
香蕉林多有寓意
让故事一带一路

邂逅安顺

离别总是安顺
抬头仰望晴天
黄果树不见
伤害的御用了笑脸
白云啊小龙虾的召唤

20度蜜月
腊梅的爱的颜色
故事搭配上蓝色
纳一个红润的妾
与西南风生下哈尼的土司
回到民国初年

老班章①的后面　等我上山
突然有点林海雪原
这里有林有茶有缘
也有你心事层峦

---

① 老班章：指云南普洱茶的一种。——作者注

无量山

时光憔悴爱憔悴岁月
岁月静好春天也静好你
开启静态模式
开启
岁月和爱

火树银花不夜天
烟雨爆竹迎新年
大金塔傣族闹霓虹
万达傣秀走花环
夜空阑珊　灯影擂鼓震云南

岁月荏苒
我独醉澜沧江边
哈尼舞动
布朗鲜艳
读书椰树下　思忖江山

涠洲岛

一个人去涠洲
海风要走云　也无法挽留
以后的以后
无心的雾也该放手
我情深缘浅你情浅缘休

歌不止银滩路口
你会是谁的某某某
我伫立重庆路思念如潮水
海也不会枯
老街尚在岭仍冠头

阳光透过合浦
爱晒白了我的头
听一首歌　藏海大叔
我站在你离开的路口
挽着自己的衣袖
学会了放手　独自走

芙蓉镇

1

等明朝的一个你
等近春天里　等一串瀑布
等一个蜀楚
一个水墨画的唐伯虎
等一个彭家女　妖娆的山水
妖娆了溪州远山近雨

等一个土家山寨的版本
与我相守土司家的愁绪
点点滴滴
尘埃落定是不是在这里
两江汇流
等一个芊墨黛秀①

一个王村的记忆

---

① 芊墨黛秀：两种商品品牌。——作者注

镶嵌二千年古寨

唤名芙蓉镇　我不是姜文

我也想念一朵像你的云

泉溪影城三桥

2

听瀑一夜涛涛

三叠瀑隔阻蜀楚

在旧四巷觅一根湘苗

米豆腐浪漫了橘红和晓庆

醉一场土司悬宫六庭

你是土家的妙龄

烟入石板拾级的朦胧

雨湮没黄昏的彭城

我与八百年情投意合

楚美羞了你江山如画

卧榻七星伤了谁的睑

灯红幽径溪州五百里

与芙蓉相遇

邂逅春雨九重天

相思病入江水

霓裳霓虹生白烟

心事随唐寅石上溅

梦里归二川

抚仙湖

与抚仙湖邀约了四月
愚人的春天愚了米线
你花一样媚眼　入口皆为云来
娶一个如盆景的雨天
它代表玉溪之源　红塔山

沉入网红的老友
藏在诗的哪一篇
名亦远你也堕落街
有一段忘年恋　遁逃桃花缘
墨绿了惦念　绿汁江上渡绵绵

丽江

1

高原水乡的拉市海
芦苇苍黄鱼煎
清波绿浪玉生烟
虚名了滩涂　虚名了眼睛
山村阡陌柳色旋

小桥流水杨柳亭
我宁静　我伤了情
虚了行　虚了名
纳西神湖公园
绿树美泉绕庭院

2

春风粉碎清梦　玉龙有点雨冷

你是古城你是婉约的黎明
气质彩云之南的温润
一如霓虹拂柳絮
我被爱情苏醒

我被假日骗了《诗经》
聆听　春丝舔了棉被的颈
柔软的梦　扣减了清明
帘外无雨声
湿漉漉的碎雨　爱意浓浓

3

与丽江邂逅玫瑰花房
与你相约左巷
一场雨下得彷徨
谛听花房姑娘
半生遇见爱
也遇到咖啡染了啤酒

这条河流私自改装
一米阳光　柔软的四方
心泊何方
艳遇就是夜游丽江
车水马龙的女郎

都在寻觅一个传奇的梦想

木府做一位土司王
茶马古道旁
我望穿秋水
等你柔软时光

4

疏河穿过半冷的咖啡
彼岸花　扎上相遇
你云水禅心
慧根谧了观音

闲庭飞花的舞雨
我无双你单一
用我娴静的伫立
亲爱束河的石壁
山水画墨如戏　青青子衿

5

九鼎河绕过古镇
你是三眼井　彻透山的方向
纳西的那些花
芬芳了那次望尘

邂逅好滋味　没有一剂药治愈
你是蔷薇

香了我一鼻
梦里千寻　唯给我唯美

只是　只是心的目的地
雪水钻了记忆
我是谁的谁的唯一

6

等一朵花开
和你的柔软时光　一起陶醉
丽江突然有点雨
一个思念的心伤默默
潺潺的记忆年轻了十岁

雪山不语　你也是偷花贼
用半生的寂静等你
轻寒上楼梯　晓晴无意
淡烟流　声声咪咪

你的眉眼和足迹
抵不住晚来风急
我已沦陷　不能自已

7

路过的艳遇　挂上小月河

遇到雨淋了十月的菊
为了这软柔时光
古城寻觅你的足迹
如果是我陪你
这个黄昏很美
美过任何一次艳遇

木府沧桑八百　　翰林及第
三千客栈皆是我和你
弯道川流不息
只为遇见纳西

三眼井嘀嗒大唐马嵬
四方街沐浴土司衙役
玉河潺潺三千年
等一位衣袂翩翩的女人
古城水车如云如絮

渤海湾

恰逢一盏倾城
软沙如你委屈
斜岸我忆天津
黄柳白蘋虹桥鼓声
金谷风光诗思迷

故事心眉生　柳丝袅袅
梦想的窗棂
高铁接近尾声
我不得不重逢
午后苁蓉　你百媚生

东太湖

叠照也是层峦
明月对饮已孤单
古镇不是你的江南
没有池塘杨柳岸

不见三更唤你弄影蛙声一片
鱼鸥家园硝了丛烟
云依依十里不是缘
引入拂面　叫嚣雨露樱唇苑

一湾清泉浅浅
红苹果伤了斑马线
这个摩拜单车
侵袭了我们的从前

恩施大峡谷

夜深花睡
谁是你猝不及防的梦
开在我心里万紫千红
曾是我的爱人
也曾是杀我的凶手

沿长江下降了我的情绪
期待像五月的封底
前程就在前头
一如你一直潜形

墙上墨画是花一样美
恰好伪装成你
你长在我的清晨
我濯露起身

乌兰察布白云间

故事接近草原　谁在大阴山
寻一只牧羊犬
寻一个爽约的夏天
前程大漠五月
遇一个蒙古汉子　渡过察哈尔汗

我临幸塞罕　最靠近成吉思汗
传奇已去八百年
笔指葛尔丹
毡房里装一匹黑骏马
那是一个蒙古王爷的宴
突然伤感　霍去病藏在右边

科尔沁

秋下草原　芳草萋萋
心事的黄
葳蕤了苍苍
午后阴霾的冷雨
涟漪了青和《诗经》里的绿

羊肉不成串　撸了大草原
草飞了上弦月
我的马驹下了谁的华年
秋风有点故事的暖

你在塞上一如少年
我在大青山
草莽莽的咸

高邮湖

扬州的颜值惜败京城
花儿一样的奔放
叠加我的旅途
龙虾的盱眙

洪泽的味觉像端午的红宴
肆意开饭
心愫已闲　一种声音
从月背上升起来了
已经想你了良久

她熄灭众多的声音
痴迷于那些不为所知的感动
四十年前的时刻重临
我止熄于自己的燃烧
是速度带给我的一种宿命

远方篇

南京

1

八个月的金陵
玄武湖结满原虫
鼓楼里的鼓声
漂白了事故里的臃肿
是贵妃滴滴的回忆
恍然一梦又几世纪几多年

春心了杭州湾
潮了潮　牛皋
笑死了　岳庙
南山路向左
美术的情话　悄悄地删

2

又是长江水　还是长江桥

中心厚度　公园之西
冰鉴金陵
你是谁
东风妹妹　秦淮河西

有点偏淡的思念
温暖着去你的路上
黄昏淡了玄武湖
相望的红染了三月
没有一场剧情路演

太湖开往春天　我的城无恙
谁的日记有盐
淹没的西施病恹恹
唤醒的街灯掩了你的温暖
夜风阑珊
载你抵达幸福句点
花的情绪兀自弥漫

3

一笑而过　风声呼啸
有缘的河西
东去了长江水
不说　看你微信
一人巷深了谁
消失的犯人

下泄江阴
鼓楼没有鼓
楼下等你
新街口朝北
诗在哪里

4

从建邺苏醒
长江东流惊悚河西
玄武门虚掩
苦了敬德　长鞭唐朝

我在秦淮八艳
寻一个埃及艳后　拜它教母
一个中山陵园
一个美龄宫
笑你栖霞山

等我的姑娘逃出大明的法典
不减千年
青春在金陵拐个弯
花事扬子江畔

5

夫子庙　形态秦淮河

半壁江山的大明朝
贴上常府街的腰
小马印花
跋涉七都大桥
一片天南海北的笑

掬你秋红红一片弯刀
想念谁的温馨小火
那些拥抱从容千里迢迢
江南一场歌
是你从此也不上朝

6

又一世家　温暖的回顾
沧海桑田
羸弱的栖霞山
色衰的秦淮人
扬州十人不远
屠杀不长　1937年

西宣武　东崇文
左盘龙　右虎踞
看我曹操传奇
谁是枭雄盖定
任人评说
谤满天下　誉满人间

长芦　江边城外
绿荫千畔
合欢的一抹清香
与我扬州蜿蜒
别过玄武　花谢人不谢
邀约吴都　赋诗秋湖

7

孝陵卫在故事的扉页
长江有点悲观的翻白
糖了的东风外
明朝踏寒而来

过去的相思
湿了春天的面
钟山左边
忆了谁的江南

梧桐青涩色
你粉饰过春日的睑
新街口吹过建邺
一丝小巧玲珑的风
赶上了三月

8

玄武湖度过我的十月

青春的花惹怒了江山

一团水雾凌乱了村中的美

手机载下故事的胴体

一分钟也叫嚣回忆

不知冬日款款柔情蜜意

莫愁湖迤逦栖霞寺

我想一个如秋的凉

像《诗经》里的谁

冷水冷了河西

冷雨冷了八卦洲

秦淮河少了八艳图

乌衣巷上使人愁

9

梅花开放鼓楼

茉莉花开玄武

金陵千金钗头

你在珠江路　你与相思紫峰

新百的七零后

有谁等我入了吴

莫愁不是湖
是你眉黛娇羞
是你风流新街口
三山街的那个舞
飘逸栖霞坞　像岁月的胸脯

短梦孙仲谋
还有故事的肋骨　裸露青楼
秦淮河的桥头
映射乌衣巷口
你飘如柳柳如是
三月下了我的扬州

10

梦间回忆　梦回依依
忽闻春尽
无有绿
不见登山的过去
踏青春天里

四月积满情意　过了竹林
希望逢一个僧侣
窃下花蕊和一段记忆
偷得那些绵延的情敌

浮生若梦　眼角灵动一丝雨

半日清闲的风
吹皱三千里
留一抹微笑　只为想谁

长沙

1

橘子洲你是燕雀
播种的那些草　有菜
唤名圣女果
喂养了我的诗句和中年

缠缠绵绵
不见就钟情的湘水缘
多情不是洞庭湖南
爱情萌发科尔沁草原

邀约江南　无雨也绵绵
不再夏天　你是莲
是芙蓉五月天
下一站是沙湾
泪眼婆娑　泪雨潺潺

2

雨中长沙　烟雾缭绕
你在节气　徒留我清水汪洋
故人情已
春不得意
你的长发及腰
遗我静候千年

斜睨三千不过
你世俗二十华里
再看
深邃万卷书　不敌红尘长鞭
罢了　湘江指点把江山

湘女多情亦惘然
纵有《楚辞》溺屈原
不见钟情浏阳河畔
传说已破夜雨江东西岸

3

你的名字你好漂亮
千年芬芳等你
一池的红莲如馨
可可西里一朵莲都像你
橘子婉约　诗细腻

牡丹是蕊从容绽放
静守轮回
滨江丝雨细如有意
一阙歌放肆
今夜风靡　不醉不归

4

一如青梅乱了春秋
你羞了一杯红酒
长沙有点酸楚　我醉了韶山
咱们一心花苑
谁误入藕花深处

莲心如故
今夜倚门独伫
月不憔悴你的纤手
一句问候失了荆州
散了席散不了蓦然回首
沉睡橘子洲头

湘江犁头　醒来扁舟
已过千帆孙仲谋
情敌酒鬼　心事已唐宋
我不回京畿
邂逅多过美丽　未央如你

5

橘子洲头　与岳麓山院亲近
学毛主席
游到湘江里
听浏阳河的歌曲
太平老街　与你相遇
舟上飞鱼
漂泊有了依　那个湘妹

6

遇到冬天也不邂逅你
风过雨江也无美丽
绵绵不绝　缦缦①奈何
万达广场看橘子剩下回忆
湘江啊你作证了浪漫和别离
一下千里
我找不到梦寐

7

湘江北去　橘子洲头东西
岳麓山雾里琴曲
晨曦微露早餐吃起

___

① 缦缦：沮丧的样子。——作者注

在浏阳河进入湘水的第一桥
等你

如歌的桃花女亦步入凡尘
浓情浓意　少一个古典的谁
江水绿
也会忘记
唯有洞庭湖和歌等你千年
我不弃你不离

8

妹子姓名湘江
菜品宁乡　森林农场
野味潇湘
福建厦门

雾下厦门海如湖
倒灌潮汐沙如雾
五缘湾湿地跑步
环岛路边沙滩旖旎

9

你在浏阳河唱歌
我在湘江听雨
雾蒙蒙的故事

有点饿的思念
心事在河江之间
似曾相识的歌谣
飘逸长裙
风流千年　不曾相见

10

橘子洲头我等过
岳麓书院你等我
古诗起于饭桌
马王堆见证传说
岳阳楼记
长沙保卫战
近代一曲

11

万达广场的五楼　装置你的宁静
相思的一吻
别了亚瑟王的流亡
汗水浸透我们的恋爱

湘江突然诀别
留下坡子街　心疼疲惫的眼
含这些意义　含那些黏液

梅溪湖洗涤你的热血
我心澎湃　你蛊惑
从此孤单不是蝴蝶
你已盛开

12

湘江啊北去
浏阳河啊拐了拐
谁的心事这么曲折
她的多情夺走了秋季
雾霾妩媚了湘女

13

雾下江南
湘江北去
我在磨坊　只为等你

韶山北路　不见毛主席
湘军不在湘军如故
候一个岳麓
盼橘子碧心
独立秋雨

14

再会毛委员　步入四十三
人生何处晚
抬眼岳麓山
恰似岁月青年
挥指华夏江山

15

故事有点长沙
故事有了关公
也不失荆州
薛岳来保护　过湘江
你醉了浏阳
太平老街
邂逅了春秋
贾谊不在
我连横了秋冬

16

浪漫属于匆匆
千杯少了醉后
左边故事从容
唐朝的一句叮嘱
我在对岸瘦了冷冬

为什么心事臃肿
你脸红了夜雨独朦胧
没有告诉树
缤纷的午夜钟声
我好爱那霓虹　你一抹笑
睡了天龙醒了花生

17

滞留是秋落的心情
立冬只是晚餐的乳名
一朵殇了的霓虹
绊倒影子的我的回声
霾解释了归途

你蔚蓝了七岁的书屋
三九如梦腐蚀了腊月的空
梅花雪下朦胧
机场播报了晚钟
遂了湘江的性　爱取向正东

18

时光脱光了你的选择
一语成谶的等待
浏阳河弯过你的冬天

雾霾入雨

波澜湘女　幸福摩天轮
看小儿等一场助唱的演唱会
无论你曾多风靡
那也成为过去

19

徘徊在封面　不忍打开
循环在冬季　安静地等你
湘江不老
梅溪湖茕茕孑立　淬然相遇
旅行套装了回忆

关羽是谁　芙蓉出水
韶山北路一阵毛毛雨
是你贴近　像陨石星落
只为和大地一次相会
写一句彭大将军

丢了谁的宝坻
生一个孙仲谋
带长沙一块相亲的玉玺
哭周瑜寻不回小乔流泪
雷锋已去
我等你缘长三千里

20

伫立为了苍穹一瞥
橘子头上淡月　心事新绿色
无语凝波澜
湘江味清新添　小港贴近江边
一逡巡的思量盈满

漫了我的世界
小雨淅沥江南
黄昏亦晚　风割了画的脸
疑是花心江山
寂寥群群燕　酒醉的上月初圆

你半魅的愁绪　我一股清泉
一股春酒一春烟
思念款款　候鸟上了西殿
醒不过来的江湾
太平老街再相见
不觉已过三月天

21

湘江涨得突然
茶香拨了霓虹的面
祸不单行的白和晚
天龙酒店　噩耗不来东川

据说有佛山缭绕的香烟
喝醉了衬衫　你是男版
产房喜事传
兀自青青河边
等候一个伫立的期盼

孤立无援　回忆自舛
多情善感
掩不了旅途的疲倦
风景没有终点
情以何堪

22

禁不住忘情湖　止步湘江
情节曲折
逃出生天　黄昏扼杀夜晚
苦涩韶山
用什么样的湖南
扣下无限江山

春茬苒　心濛濛的咒四月婉转
这个基站
孤身微店
不会有一滴泪
啼血芙蓉百年

23

祸或悲伤总会击倒春天
雨和阴霾总会抛弃四月
春风拂面　溃败了长沙
时间左右为难
工作和爱总要上前

不会击败的围观　男人
必须接受打算
情绪否极泰来
薄弱环节　一圈一环

秀才和兵兵戎相见
爱　释解
莲　出污泥而不染
总有一款
成为最美的必然

24

再别忘了船　一条路的为难
烟雾弥漫　江湖小川
友谊不友善
为什么杜鹃
为什么湖南　前缘木莲

曙光在情丝纠缠
此恨绵绵　故事破产
我们的爱历经考验
我们的春天

途经你的窗帘
精神满庭院
打扫糜烂的岳麓山
不胜悲观

昆明

1

昆明　彩云之南
你百花烂漫
相思的从前
还有谁伊人憔悴心海畔
惦念

已经十年
那个谁尚待春天
二月剪下回忆
留给《钗头凤》一阙
弥漫

2

春之韵　花开彩云之心
荷花补水

风流蕴藉

一条有故事的溪
有彩云的秋
有你的旅途
有点凉的诗句

3

没有一刻的心情阻挡寂寞
没有一个空闲不属于诗歌
你在航班上写意山水
我在静候轮回
她是那样的美丽

绷起嘴呼吸
滇池绿了衣
你掬笑入了面
月台保持唐宋的距离
你就是元曲

花儿的春天
嬉戏　喜剧
一下眸子
一往情深

4

阡陌了花巷你贵命布朗
彩云邂逅了月　你躲在云之巅
过了我们的二月
二月像你的笑靥
细沙含一方世界

笑意盈盈一如春天
山水成诗　你步入诗画
远方
云之南　梦之巅
野花装一座天堂

5

彩色的醉酒　卧倒云之南
昆明的春天
一拨风一样的晴天
故事有点偏西滇
蔡锷遇到小凤仙

我会和朱老总邂逅翠湖公园
不随毛委员也不跟吴三
段氏一指禅　孟获老矣
你何以入川

蜀国已去千年
我偏居彝族凉山
澜沧江已远
我心已宽

6

爱上昆明
爱上海鸥嘀咕
情陷入城
不是为某个传闻
再回春天

你就是春天
不用四月垫底
不用你的围巾和歌声
引入竞争心事莫名
你已陷芊芊
泪奔红衫

7

清明未有雨　黄昏没有泪
没有雨纷纷的回乡
思念故乡和亲人的情绪
一样的朦朦　一样的悲伤

别让等你的心
等到无望别让想你的人
想到不想
终日昏昏醉

8

穿心鼓楼向西
是你和老街一样的味道
云天一线改了你的乳名
只因圆通古刹囚禁了雪城

你的城已陷
只留翠湖四月间
谁说春城荷不断
藕丝连岁月也枯烂

九曲桥依水畔
春风只和你隔一站
昆明故事
我和云大邀你优悠时间
红鱼划破水中天

9

你是滇池一浮莲
三生石留你九千年

圈了你诗身的疲倦
心囚多久海鸥才可见

拨弦抚琴
给爱留云中一个云南
为你留在人世间
阿诗玛的春天
云红了水中轩

往事占了断桥之三
在湖在亭在竹在水在山
偶来讲武堂为哪般
非我非鱼皆乐境

10

优游　初夏官渡
遗音拨我心事啾啾
你二十载乐境
翠竹不沾你莲花的脸
模糊那个来京的雨天

红庙不见慈云寺院
就一次姻缘
就一个寒冷的夜晚
划破翼然　故事占绿水
娆过你美如天仙

褶皱了时间
荒唐了思念
不见不散
已荒芜轻舟万重素颜

11

滇池是唯一的秩序
六号临时摊位
海埂公园的长椅　春天这里很长
长过北京和昆明的距离
还有一分钟的最美

争阳竞艳的那些丢弃
竟是最大花海的一击
湖滨之西　柳莺啼
滇池雨
遗忘一如往昔

把爱挂在民族村
你延误的飞机
失了忆
不是拾遗　一语成谶
一杯愁绪

济南

1

南方雨来北方干
行人途经济南
黄河哭了大明湖畔
胶东灰了白云边

济南　有泉
有黄河的夕阳
嵌入式的傍晚
一截诗的瘦身
形而下的迷恋

烛光诀别雪　弯弯的触摸
半路江山如故
胶州半岛的泰和安
路过我的履历
我不想谁的山

我惦念你的川

2

蝴蝶结了冻
趵突破了泉
大明湖的雨
平安了齐鲁天下
心事接近新年

谁的祝愿像素颜
你美过天仙
《芈月传》

3

梨花白了凤凰山头
大明湖泉池深处
一枚诗性的白鹭　亮了藕花
我在风车的山东
想你是好客的
慢节奏冻悠悠

停下步看你
看树花斑驳
踏雪寻梅　车载了微信
和你聊一些没有的情节

什么也没有
包括你的头巾我的黄土

一拨意念旖旎　你也是的
拍拍雪斗　跟着走
好像很自由
我要的自由
像趵突的风　你的手

4

彼岸花　彼岸在哪
层层叠叠的过往
留下纷纷扬扬的秋天
江陵　彼岸长江
一跃为钟山

此情秦淮
金陵八艳
我将睡在这个词句上
别叫醒　我那云有什么好说的
她不会和我坐在一起
除了天空　除了云

除了沉重　还有冷
要冷到破碎
破碎到深情

当她把你带到梦中
是恰好有一阵风
你恰好轻盈

5

济南与南京隔了几层月光
黎明只差一个街区
风声路过马群
一如我路过徐志摩的诗
赛过江南的微光
嫁给了锣鼓巷

一步之遥的思念
大明湖的小时
送给三山街
雨划过鱼儿的窗前
故事的温度正好贴补倚天剑

夕阳步履蹒跚
有段情史灯火阑珊
张爱玲的簪支付了沂蒙山
误入花间
粟裕的兵解放了济南

6

与济南感动了三月
与泉城感受了寒冷
西山景东山了齐鲁
心情落下三中
雪染了旅程

泰山冲　用一些血充盈
进入你的隧洞
春非春窗肥了夕阳
喂养大了的柳风
是秦压境
二千年已　灭了济南的冬

广 州

1

中山后　中华有了公园
虎门后还有谁销烟
那一个佛山少年少了十三
我没有遇到洪熙官
舞狮的黄飞鸿亦然
叶问问了七十二拳
《鉴》

冬的软潮了宋的词
南岭的散漫　路漫漫
和羞走的一抹风景
独自上了陈州的船
高山之巅　我面朝滇

2

一路九衢　果林密院
山的南弱化了风的坛
从西川越江南
童话说过三遍
池子的文字游戏了睡眠

台风温柔你那么多年
透支的黄昏
和雨夜一同逡巡
窗花一样的迷恋
爱情溢往事一脸
一泡大红袍肆意衣衫

3

色斑虹霓　爱这个大地
不想知道你在哪
放肆的骄阳故事拐上
相思这个情节旖旎了风光
我一直在这里　不等谁

不等式的故秋
红了希望　让心酸不再彷徨
下一个月台意境伤
烽火佳人霓裳

这个扶梯小巷　有位丽人
左右着爱
上站台　高了血糖

4

一束灯光天真烂漫
和往事搭讪
折扣的旅行和套路
报以桃李　下自成蹊
一只鸟的沉淀
呼吸震撼十年

抚摸把抚摸纳入黑暗
腐朽把腐朽弄得更乱
不用北风和江南云烟
我也会想你
突然离开的那晚
突然变得真的是突然

武汉

1

大武汉遇到长江和汉水
我遇到你
遇到一条龙江
傲笑南北

我在这里寻桂
像他一样望月
珞珈山的山
不变的水果湖水

那东湖的鱼啊
湿疹了初吻
吻醒了七秒钟的
想你

2

与东湖相誓了多情
卓刀泉
与桂子山　相思了一次姻缘
黄鹤楼燃起炊烟
传奇传过来光谷植物园
传说的珞珈山

想吃一碗热干面
留片刻　挽你
樱花开满山
汉正街的那些雕塑
还有你的汗巾
而今拂过谁的脸

3

属于桂子山的青春
属于你的沉醉
珞珈山布满你的樱花笑颜
玫瑰园峥嵘十五年
汉口记忆

翠湖金湖　今古战场
楚汉传奇
野谷狼山

将军征伐　谛听硝烟
不曾远去　九州通衢
武昌起义

4

武昌鱼咸了菜花香
邀约洪山广场　舞曲沧桑
你还忆往
桂子山落满初吻黄
又是夕阳经过南湖

竹林里与雨水牵手　你正羞
汉正街巷留痕半部春秋
卓刀泉与我诀别光谷
珞珈山梦里温柔

依稀你的倩影　多少年后
萦绕我黄鹤楼
一碗热干面暖我心头
你娇羞走后不回首
唯留我空幽愁

5

去抚摸江汉路
你的影子的雕塑还在不在

汉口江滩你的脚印化成了云烟
遇到每一抹美丽
都像极了你的从前

七年八年　西半球南昌南
东湖珞珈山水果湖桂子山卓刀泉
樱花模仿你的脸
黄鹤一去不复返

孔明灯升了天
是不是也载了我的愿你的缘
你就是我的今晚
抱着长江入眠　软绵绵

6

阴雨楚天　风流东湖边
谁在卓刀泉
俘获千年姻缘
梦幻桂子山　一觉十几年
你荏苒　我皈依你的春天

繁花似锦江水不流断
爱不变
深情在你赴京已无悬念
她会是楚女《芈月传》
千里京都誓不还

樱花迭换

水果湖烂漫三月天
武昌已走远
还有怎样的绿柳堤岸
匆匆那些年　我在你的大武汉
诗词雨淋徒然
一朵花感慨万千　滴滴落江南

福州

1

福州过了霓虹　默哀三分钟
陌路丛生　形容词的端午
别离的痛楚
还长在打捞上岸的中庸
蔷薇科的倒影

你在那些花朵之间藏生
海鸟传奇谁的半生
再行大名城这些风声
和你多么的相同

你是否也像我路过你的城
和窗棂
一如我一样百媚千红
痛不欲生

2

思乡的路也曲折蜿蜒
对你思念离不开于山
你是我的福建
我是谁的闽江源
故事的雨下了十八年
温泉仍在汩汩诉千年
愁不乱　人已断
与榕城多了交融
与东街口梦了满秋
话说于山口
闽江分流
多少回忆起了雾
只记得你瘦只想着她媚骨
阴沉沉的冬季惆怅了满天

3

长廊婉约　谁还漫步烟雨长堤
细数我三十年岁月的轮回
帝都的一些过往或清晰
栈桥上隐去的足音
在生命中或停休
渐去红尘
我和你　拼凑出前生的缱绻
今世的古木家具

和田玉
后庭花
皆逃不过你的凡尘

4

于山之后　离开五一路
广场的影子扫了一叶秋
你是闽江最美的舞
丽照上了楼

所有向你的雨水
无语下流
归思难收　佳人凭栏处
冬月兀自愁
从烟雨中取出我的江南

你在爱情最深处
掏出夕阳的西湖
微澜恰到好处
二十年点滴疼痛

5

温泉仍在汩汩诉昨天
愁不乱　人已断
夜有点早梦有点冷

冻醒了晚钟的湖　你恰好正午
古城古国有孤烟
渡桥渡船渡千年

还以为没有了方向
上帝又给了一束阳光
你意外穿堂风
偏偏引来霓虹

西安

1

咸阳机场起飞
不走心的距离
钟鼓楼别了东西
大雁塔的那些絮语
有一个你一样的贵妃
在芙蓉大街到大唐西市
长恨歌后　只记得韩非
已没有谁送我汉辞
未央一阙长安一曲

2

西安向南望　秦岭无数陵
西咸新　咸阳机场外
未央宫
大明宫已无词

长门殿　娇娇何处

南院门　慰留司马相如
泡馍在　鼓楼存
朱雀门
皮影尚有　兵马俑
李斯远去蔡州
某个貂蝉一样的你
在西羊市等着谁

秦川八百里
白鹿原上还有玉环
多想在含光门内遇到老槐树
你是不是还是你
二十年过去　我不再榜眼及第

3

秦汉的那个人　丢在钟鼓楼
丢在大唐的盛市
你不在这里
繁华落尽

独处又抵它的辉煌
长安的那些人那些事
不都暗淡无光
等你落幕夕阳

又有另一场婚礼上场
主角不会是芙蓉唐明皇
不是城墙和钟鼓
是美女一朝一夕　轮番登场

4

不想说再见　到处都是书馆
陕西西安　我在长庆宾馆
秦风汉雨袭来
梦里回到芙蓉园
爱情与马嵬坡躲不开

红拂女何安
你在唐代长安我在雾霾天堑
未过双十二的冬天
谁给蒋事变
没有四小姐陪伴

没有人间四月天
我等一个貂蝉还是蔡文姬一个后汉
我仍是我　未央街孤胆
玄奘亦远
非李斯非韩非客走潼关
我孑然

5

再别长安　与你渭河相邀
一半虔诚是诗一半江水为媒
宫在园中央　我在大明世界
赋词为红颜
觅不到佳丽三千

只窃一芳心暗许秦汉
玉环亦去　谁谤漫长安
谁吃了魏家凉皮
我在龙首山你在凤城苑
长孙皇后贤了仙

最后一个匈奴　下了江南
谁蛊惑了西少爷
长门赋后为了藏娇的哀怨
我不是吕氏　我也有春秋
遗漏重阳的还有中原

6

纤纤玉足　清幽慈恩寺
整一个三朝回忆
冰火八百年
步履回民
坦荡荡　西游记

安静做一个宁静的人
不欺负自己
不瞌睡　烟花五月
谛听漫天飘絮
长安已过去　空闲下半句

7

离开许多门　夏风不语
秦汉唐过去
曲江写了千首诗句
句句渭河水

泾河大明宫西
藏一个心事
与秦川八百里
锁了未央女
诀别千岁　芊芊细

成都

1

又在历史里长书
又让李白漂白了诗句
宽了我心窄了我的居
那么多文化赋予了锦城
富裕了盆地

这里诗意太浓
栖居过于安逸
思忖静谧
石阶路缀满歌词
均是侬意

2

锦湖
把宽窄巷子装进口袋

把三国装进世界
把两江装入梦
把你装入心

3

隐庐滑雪场
天府新世纪
浪漫两头
掩下一清天
梦里也婉约
你在锦里出现

我在窄巷子看故事变宽
武侯祠别上院
这里有冬天
这里可以看到一米阳光
雪花翩翩

成都滴雨　一如诗意的你
锦城美丽
一如有文化的底蕴
水润天府
她的黄昏行云流水

4

剑南飘逸
你曰长裙
你善舞蜀国演义
我位于城市中心
我等你

川肴百味
灯红酒绿
巴蜀醉　步步绝句
词词漫过谁

5

熊猫眼说的不是你
是十二年的孤独
是画院的小溪
用竹叶青来慰藉
宽了哪些泪

窄了这些心　一如邛海的烤鱼
扁舟泛起四川记忆
岁月入了扉
填满那些陌生
你冷漠如雨　从算命的池塘

收进半生的山水
温暖意犹未尽　用右手拥你
孤单与孤单作陪
人民公园的那个邮局
收不到你春天的气息

6

邀约与故事的鱼恍惚了初冬
你在天府里游
宽的巷子有点哭声的浪
锦里桃花盛开

你是最艳的一朵
轻竹溪上诗的额头
我是黄昏独自愁
谁白了故事的头
谁让往事的结尾断了喉

7

卧榻聆听诗和雨水
呼吸香椿到龙泉驿
由温江抵达清梦
画一个妩媚黎明
吹一股烟雾　冉冉上升

下书房里行　百鸟朝凤
你梅开二度
春花三弄
春熙路上不见风筝
蒹葭蜻蜓　婷婷停停

你盛开的花茎
干干净净
宛如晴空　眸孔
爱如几净
情似万般澄

8

在锦里　邂逅雨
遇到你
碰见入川的匠心
她独具　触痛的手突然收回

我在传闻的衣裙
故事跌倒船尾
你深眸漫飞　我回忆
可怜丢了蜀国三千里

柳絮如黑发翻涌
你江上明月　宛如云
宛如半生结义
金兰桃花林

郑 州

1

途是中原
北上黄河有轩辕
故事悬剑　风吹奇谭
东进宋之汴
西出洛阳牡丹
殷商遗落千年

旷古奇才居天门山
李斯辅政秦天下
汝等名君千载一瞬间
许都亦远　曹操何难
司马过了　诸葛十年
三世身份有个袁　我何堪

2

旅途皆是空　不留春风
漫载轻音
你不吝月季
红花梨水　等一曲心率
等跳动的云隙　情事迷离

过往的少林　翻译了诗句
像你涨粉的笑
江山半壁误入传奇
东单依上同仁
阳光透过我的回忆
这热过故事的结局

你耳畔回荡蚂蚁
惆怅的飞鸟尽落建国门
有那么一些歌　曲折了雨水
爱你在金鱼盆　三月已尽
春日如信札　不减不增
恰似我们满仓的过去

3

看超短裙的黄河水
看婉转豆芽青的故乡云
雨雾蛊惑了晚春

心事如春梦了无痕
爱这里故土至深

四月梦寐
我碧池春渡十里
无缘中州古籍
数点苔痕数旧绿

载梦沧浪若忘
你绯红的羞赧形象
越千年　试泪春眼双双

4

青春路过郑州　我履历中原
淮河流过童年
你会是嵯峨山
思念　惦念　怀念
二十年　逃出生天

一天又一件　忘掉驻马店
忘掉天中最小山
黄河黄了从前
我一路悲欢　一步向前
止不住泪流满面

醒梦春衫

用背井离乡的阑珊

聆听日出三竿

李斯逐客谏

贵阳

1

在蛋糕房等一则消息
阳光也照出了眼泪
信誉千钧　我不能不伦不类
甲秀楼风云荟萃
小十字侮辱了观音

比你还贵的阳光
肆虐风尘
水与心都开始憔悴
路过长沙的一抹回忆
湘江哪去　故事的鱼游到北仑

摇篮里摇一段传奇
颜色上了舞台中心
你有了不自信我有了不信任
爱情也会支离破碎

心情也不堪一击

2

天有了晴　观山湖上
雪花飘落　南湖荡漾
又见贵州
不去黔东南
依然三尺平

总有三日晴
贵的阳光　无驴有技
黔江哪去　无穷无尽回忆
半壁黄昏
华丽　后续酸汤鱼

三十年酿　酝酿了春
茅台微润
雾霾也点滴
花江狗肉　熏我醉

3

你的春天余额不足
满地花香沐露
充电的青春留尾
我以人民的名义　爱随

贵足
三日晴了的雨
三尺平了的回忆
大十字的蛋糕为了吃下谁
满场草绿翡翠

夜里春凉薄了抵御
对你的拾遗　内存补肾
一城一味
一座甲秀楼偎依
贵阳贵山贵水

合肥

1

心情温度24
与肥水雷同
油菜花是唯一的问候
樱花白了我一头

一场雨雪　丽江挽留
挽留了迈步
恰似淋湿浪漫
伞了纳西门

爱情已经清澈了许多
黑与不黑之间
岁末与岁初的冷空气
暮来暮去　一些落日起来了
一些明白落下去

2

安庆已远　徽州乃近
与你分享月台　囚禁了的回忆
酒醉了春　不得不滥用唐韵
回去吧　这汩汩的眼泪
蛊惑了肥西

抿嘴嗔痴了十载
会在哪个街区
等你的雨
滂沱了谁的日记
罢了　合肥

3

从十月的菊花开始
一朵雏　印花邂逅此地
风吹来开封府
肥水了一场战役
包公离去

清明上河图没有了汴京
此去北上　万象云雨
你等我千年的命案
唯一不能伤的爱
破了宋狱

4

是谁　笔直的瞳仁
眼泪泛了涟漪
第一次相遇又如第一次忘记
这是你清浅的第几次雨
童话了我的三维眼神

一点思念被夜黑了窃取
一路朝西心事决了堤
过去只能是过去
心情和欲望不复重启
若干年以后相遇
没有了关系
你面目全非

5

环翠让我以为到了威海
翡翠湖上恍如到了海边
沙子朝海沙滩朝爱
你像湖一样的女子
静静的呆

石家庄

1

最大的庄子没了庄主
你是旧人
思念　庄上待闺
二百七十八公里只写给你
师范类　容颜已褪

往故事里吹
十年已去　你在哪里
雪仍白　夜还黑
你的梦吆救了北

2

转过去的春　绕不过的清明
等你的黄昏
麦子花不开　你新婚的栅栏

一如我等你
二如年年岁
低语的风树枝了青林
西下的阳光照亮了山的背
大地瞬间温如韵归途停留在鸟语
石家庄二百七十八公里
睡的江山　双眸沉醉

凝望的回忆
西客站送我心碎
村庄摇曳恋的风语
闪过平原　送来沉寂

3

让嘴唇饱满　怀了孕的春
雾霭翘楚
育了生花
所有的简朴报以微笑
所有的思念都从简

开始飞翔　由于你爱的轻
飞得还算从容
正好够得上春雨绵绵
带上阳光旅行有点不便

那就带一本你微笑的书吧
巧妙搭配你的柔软
适合心事泛滥

南宁

1

这里黎明破晓
这里航线静悄悄
这里雨落
这里春眠不觉晓
湖畔处处闻啼鸟

南湖像一朵云
邕江就是一条虫
旅途像一首诗
你就是一碗鸡汤
我在黄昏晨曦的路上
我看到的只是夕阳和朝阳

若大大西南
不觉已是五更天
梦里不知你是客

西南无限江山
独自也凭栏
恍然回到江南

2

梦萦三江　你属性勐拉
姓刀的蜘蛛女
傣秀了寨子的剧
万景大道邂逅一杯漫咖啡

你如花的潮汐
版纳的六百米没有晒黑
桂与阴天的向日葵
只差一个航班的距离
南宁落地　再见小依

太原

1

与冰雪擦肩
与冬天说难
她逡巡了黛眉山
我清冷了汾河湾

这个冬天有点悲凉
蜂拥而至的凝霜
负责任的橘子皮相
逃避不了的懈怠和草莽

2

到了晋尝到了酸
遇到面相中了秦晋好
秦王德泽了少林
我不如罗成美貌绝伦

我有长孙皇后的贤惠

我没有敬德的黑白夫人
我有红拂夜奔
你会是谁　杨氏贵妃
我会是谁　李白居易

你不是罗通要扫北
我不是薛刚与你势不两立
我会是元芳还是狄氏仁杰
法辩当今

3

唐诗源头活水
让李渊起兵了晋祠
秦叔宝护上你的门
我与尉迟分辨黑白
丁山雪了梨花皑
樊的女取了母亲的姓
突然我们有了渊源

瓦岗寨在前
酸了寇老西
东出兵是太行
西去黄河黄土皇权
我在艺术殿堂后一个李白

长春

此后是细腰的一月
草木含霜　也包含了冷
包含了月色这样需要
拥抱的事物
像是有人被渴念拖到空中

天和地之间除了一场雪
什么都不必放在心上
也不必指望
就一场雪可以找到一颗
被寒冷爱上的心

沿着河堤一直走　成为你的一部分
如同我扑向冰面
因为那被寒冷爱过的
我也爱而你的心情
有一个湖
又一杯月光滚滚而来
大雪还会降临

哈尔滨

一片汪洋的春
烧吧　做实用主义的新郎
去看流年
直到不再为年华而伤神
没什么比你更快的迷信

但我不追你　速度无味
用另一个朝代的雨声
不留给晚年足够多的熟悉
互相抚摸吧
用一公斤的缤纷
早起的人必将离去

读刻骨铭心的梵文
虚掩的门彻底关闭
一尾游鱼在鸟儿的影子中迷路
我是踏着月光的浮云

呼和浩特

草原与故事的左边相识
秋天与诗歌的底片相聚
来吧　撕裂的月儿
归去飘飘的发箍
秋红彤彤了山峦
阿拉坦

一抹寒风瑟瑟的蓝
白露了我的脸你的肩
大梁国有没有赤焰
云中城过了千年
等绥远那份柔情的伤感
玉泉

北方的一段传说霍去病迷乱
迷乱了血糖和阴山
还有升高的霓裳的冷天
枫叶开过二十一年

华发与红叶染了我们的从前
我等你衣袂翩翩
塞罕

南昌

南昌依依江西
与秋水一隔黑白
与滕王阁一隔千载
与兄弟一隔十载
与你一隔天涯

爱情开始长义
用八月一日
用井冈山的水
下了一湖赣江雨
洒落历史一地

抚州的香茗
有温哥华的森林
也有你

沈阳

东北　沈阳　哈尔滨路
朝鲜姑娘
歌舞升平
欣赏美　美到天黑

流浪在天湖
经不起的晚秋
晴空的内滩　故事的右边
芳草茵茵秋天
谁与楼重阳登高望远

失眠是最深的梦寐
相思是最遥远的离别
一个人把脚印搁在梦里
你熟谙这两者的心绞痛

乌鲁木齐

四十个阶梯
够不上藏不住尾巴的
浮云　一只眼睛
要把我塞进她的黑

落光叶子　四周很美
看星星　和红山公园一起
在掌心互相拥挤
越空的越美
美出空城计
风把烟囱往里面吹

今夜新旧交替
当我们脱掉一年的流水
柔软的危险　在万物之上
悄悄地取掉　里面的灰

西宁

先有这个湖再有青海省
邀约黄河路不见黄河水
南川流过谁的中心
白云悠悠祁连美
贺兰山南阵如云
羽檄交驰日夕闻

青海晴日记
湟水母亲了藏回
穆斯林在莫家街徘徊
从五一到八一
一路朝东黑夜朝西

海拔两千米
是我思念青草的距离
继续祁连山继续无人区
不见湖不死心

海口

下了米兰　就是美兰
秀英的名字
就说你在海边
你不是五指山
你不是三亚湾
在徐闻对面　爱情的最北端

一列火车和一艘船　接上
潾潾的沙滩　东海岸
芳芳姑娘是唯一的惦念
下了故事的航班
热浪滚过冬天

回首　三九不过关
从此琼州二十年
不见不散
娘子军疑似从前
苗家女的客串

银川

1

回乃伊斯兰　文字也阿拉伯
中阿不仅是一个永久会址
从南宁到银川
穿裙子的秋天
贺兰是个县　黄河黄了天

塞上江南遇到河套平原
清真寺拂了南门天安
玉皇阁的夏天
拨了谁的琴弦

2

宁夏银川　河山一览
玉皇阁夺得
鼓楼已远

斯时中华有源
你春满人间

亦是沙来亦是海
也是夏来也是暑
一杯清茶潮汕砂
曾经雨来风暴羞
睨望大树世界走

惘然怿怿封了侯
黄河汤汤北向走

天津

官桥晴雪晓峨峨
不及行吟独一过
你停驻如何
足迹四月到了海河

春事衰情感事多
清风是醉客
津门了了离别笙歌
初晴迎早夏
残春落照　心情已老

你好我就好
楼阁　星河
炊烟半飘摇

227

兰州

与黄河亲近
与过往说再见
你好新年
你好西路平安

母亲河是清的
做人做事无不是
坚定信念　勇往直前
心有良善　胜利不远

深圳

1

等一夕阳落入回忆
画作融下半阙歌曲
你走你的西口
半道古道骑马与海水同归

不要回头
一串瘦　冰霜成期冀
关外睐了禅门
新诗修了别离

又是一年小暑节气
水满了中原腹地
我与南国抱着南岭百年
最是夏款骤雨
咽了夜深几许

2

我在深圳的一窗之隔
你在世界的哪个角落
忠诚第一
信任是最高人品

你有千年修为
也不得不乐群
伤了的怀
润吸的竹子空了故事的肺
蝙蝠一样的徘徊

眼角的悔
挡不了大陆的坟
不做清流的心
坚韧的休憩

3

不会与资本力量擦肩
不会与故事说再见
不等机会到明天
不等就放马江山

与谁擦肩
你是今朝的西安

你是太液池的睡莲
在渭河等着
不变颜色

4

海不变心态
你渔女的细柔一如沙画
还在等待一个怎样的夏

5

一触即发　流浪的爱情
触不可及
四十八小时的夜蒲
拈花《华尔街的狼》

怀孕的咖啡
吹上深航酒廊的牛
一湾思念
流淌小雪节气的丰馥
东南偏南　西北偏西

你在往事的未央
邂逅一位深南大道的芬芳
北回归线朝北
你艳遇九月奇迹

6

离海一个夏天的距离
与你隔着一个眼神
深圳深了谁的悔意
香港香了谁的梦呓
晚点了月台的延续

霓裳灯有点失恋的女人
蛇口是一个传奇的故事
装着夏季的台风
你淹了心塞的码头
我步入黄昏的出口

汕头

1

越过老桥的情节
韩江有了入味的感觉
晨曦微露诗句的下阕
没有一个女人零落的街
一碗盛情承继了月
大暑当前　你步履蹒跚
丹霞一线
匆匆与卤鹅说再见

2

丝柔旖旎一场大雨
海上融进美丽
邀约一程夜黑
拨出键的一枚回忆
巨大的心事嵌入墙壁

一朵繁花似锦
你层层叠叠的荷心
蓦然褪去

3

孤独的只剩下身影
这个周末被滞留厦门
补了匆匆旅途欠下来的觉
突然觉得很公平
睡眠很好睡吧
旅程仍在等候
今天好好享受睡眠和床
潮汕向后　韩江向前
你在爱情的左边
谁和入海口道别
红花影入脸
绿草帐幔

4

潮州是属鲜花的　鸟语花香
惊动了我的黎明
韩江姓静
静谧地揭开揭阳
揭开长着汗珠的故事

是一段蹒跚的旅行
从深圳到潮汕
花骨朵一样的措辞
博士候着候着机
候着科学的月季

这个典故种了白茶
喝下雨天一个低纬度的思念
兀自彷徨客家的妹
肥了谁的梦
厚了的天灵盖薄了过去

5

此处风轻云淡
韩江飘过冬天
过往一笔勾销
于是我想没有个性
它说就没有签名
外砂渡

海岸穿透屋顶
爱情起了一阵风
吹皱了长城　知兵非好战
待我回京花开牡丹
魂断诗篇昧了潮汕

容我纸砚　蝴蝶梦漫天
治蜀要深思
求势要思变
青春依旧有
启航四十三

6

有意思的韩江
无出口的海岸
遇到秋天邂逅了月台
初冬的记忆
黄花瘦溪
梦里诗句　去了哪里

7

七月的炉火正嫁接过去
金丝雀的微音　风破碎
从你笑容里长出青草
我喜欢你的芬芳
一如选择爱　选择脱离
因为一首诗　相互吸引

不负一诺
不负上帝
最美的清欢　清风吹过林
寸身如溪　不忘初心

珠海

1

深夜深深的
和香洲亲密接触
孤芳　自由黎明与繁星
点拨
胸怀就是这星夜天空
包容就如这大海
无垠广阔

海是哪个海
岛是这个岛
你老了样子
憔悴了那些忧伤
还保留了岁月的沧桑

2

波光粼粼　涛声依存
沙轻岸吻
岁月无痕
爱尽烟云　琴心黎晨
渔家女在等伶仃的一场雨

你在香洲寻一个澳门
南国不远　倒石难眠
虎门雨涟涟
我情侣路尽
帘外别恋莲香怜

3

与海一步思恋
与音乐一眉低鞏
与吉大一海南北
与舞蹈一点温存

苏州

1

风吹南太湖
冰冷了七都
雪在江北不过吴
吴江朝冬　梦回姑苏
除了西湖
只有辽阔太湖适宜跑步
黎明南浔庙港　起走

2

金鸡湖有点鲁莽
东方之门有点雪
转移东吴的冬
苏州中心隔阂了湖
闪了腰的十一月还是疼了惠园
爱情没有躲闪

你去了中南
采蝶轩　我在左岸

3

自从苏州有了北
三吴有了湖水绿
拙政园的鱼邂逅太湖的雨
花期如初见
尽管是谁

左边的秋
半点江山半点醉酒
浮霞浦　桥墩深入
你浅出童话的玻璃球
彩云点滴船坞
点缀得恰到好处

4

让道给秋一抹凉夜
让光芒踏上媚笑的拾阶
润湿东太湖的笑靥
红了月　彷徨了桔
走吧浓深树叶
沿着小桥蹚上十月
菊了我一身的天悦

撒你一生的爱
不增不减不急不慢
徘徊

5

沦陷　前清的红楼
编织的膨胀睡了苏锦宋绣
盛泽的百年曲折了东太湖
风景不弯　歪了步骤
花了的心蕊

折了小镜湖的瘦
晨曦放任了自流
心事上了七都
吴江不姓吴　青花瓷恋了蜀
周瑜未封侯

未能报了鬼子的仇
公祭不远向西玄武湖
栖霞寺已故
台湾不近
不见施琅八百里传书

6

爱上太湖就在一场细雨

恋上南太湖就在七都小镇
这来故事娓娓动听
这来相思嵌入回忆
弯弯的月亮湾
袅袅的轻烟　心事蹒跚
惆怅的音韵一环一圈一岚
隔着诗句的江南
再美也不过东山

7

印象同里　水乡嵌入江南
圆梦秦汉　巷子深处
歌声婉转
一对伶仃老人
一曲弯弯
弯过千年
桃花坞里　抚琴舞剑

8

芦苇向左　太湖向右
前朝的沼泽
你阅盛泽　她阅震泽
我与春天看齐
不知烟花三月

扬州还有贵妃
这条京杭运河
不胖不瘦　巧遇

八都有你　不咸不淡
烟柳絮　森森湖水
一定有一位像风一样的女子
等着谁

9

东太湖　让美更美
雨来得静谧
小城缀满故事
清晨从湖泽的小镇苏醒
连窗花都很娇嫩

湉湉的湖水酝酿相思
滴露镶嵌着某个诗句
春不是春　是蜜
湿风扑鼻　润过江南
柳絮一如十六岁
娇滴滴

10

姑苏　流水这般江南渔女

太湖一样的娇嫩　花过你的眉黛
我的心事如雨
霓裳亦　媚

春睡　痴欲
回忆成灰
色上春香的唇
恋上她竹的腰身
袅袅成相思絮

11

是六个古镇叫醒我
江南烟雨　太湖村落
运河脆弱
我也脆弱　掏空的想

使劲地玛瑙　梦也是玛瑙
它是什么东西
像个旧情人
和芦苇一样漂泊
芦苇又是谁　长得很像某位头人
掐我的枕头风
一时想不起去过西溪

12

与太湖亲密
不是第一次爱你
江南美丽
想念一个雨季
爱苏州爱上湖
爱上烟波浪雾

一走梁祝再走东吴
听越歌酥了吴侬软语
闻南朝升平乐
良人怎知道
我无声黑白　你彩云追月

13

阴雨江南不突然
一点悲凉有点突然
故事在四年前　苏州北站
合伙走过了春秋暑寒
不搭配的雨水绵绵

刻上时效的爱和情感
冷冷的天不像苏南
冷冷的回忆一圈又一点
走过山峦　姑苏吴都飘散

没有谁一如牡丹
开了心事左边
又传奇了我的右边
她羞涩了太湖的袖边
往事如水波澜

14

姑苏城外城　一场春雨绵绵春风
吴越桃花坞书画
杨柳夺得玄冥神经
你情绪波动
一如三月太湖习习声

相爱的葵花恋上阳澄
菲菲的心事朦胧
午后的咖啡苦了风筝
等你花轿迎了湖
才隔太湖一万顷
吻你一抹蓝如青

江南一笑很倾城
半壁吴江想你一层层
客船听歌榭　诗身已渺渺
东山湖上荡舟
千里一雨同

湖 州

1

吴越在这里隔断　从此无西施
从此卧薪尝胆
从此美丽江山
从此霸王江东江南
从此月亮湾

湖州温泉　莫干山
太湖之南
竹博园
和你不再邀约
独行湖滨

2

礼拜丘城　幻听迪拜
与南太湖握手

问候湖州
浙江的太湖
与水乡悄然转滨路

点赞的芦苇荡
漂浮深邃的眼眸
温馨的它舒雅了诗书
你是无垠的扁舟
红豆了南国的鸥

3

水雾湖州
浪迹莫干山
南湖雨潇
风过杜鹃　心事朦胧
惆怅太湖月亮湾
夜寐秋雨小迪拜
过我小憩
回忆悠然　西去东山

4　.

湖州　让岁月格式化
让愁恨情欲清零
爱上它　用砥砺宽博夏季
有人唱起《东风破》

有人听到颜如玉

雨会飘逸似苇
愀然想起谁　花絮起
你会是萨顶顶　梵语为谁
《传奇》还是鸽子雨
江南湿　感情滑落一地
想你　碰巧就碎

5

每位女人心中都有一个安生
每位女生都是七月
聪明的像个傻子的旅途
只剩下月台
每人都有一次列车上的诀别
每次痛哭都生在车站台

路傍昏沙雾也岚
连理枝条怕长弯
欲生怜
你未可怜
向你也突然
孤灯夜未半

6

月台潮湿了丘城
弁山憔悴了莫干山
太湖老了春意盎然
你隐入水秀不见
抢救的乡村浮霞

醉了的那些港
巡幸向日葵一样脸
春雨淋了芦苇枯干
经过你的封面　古朴的思恋
伸长三月的江南

不胜青春的内裤外穿
斜阳照进我的缠绵
不觉飘进艳阳天
那可是你羞赧的容颜
一不小心我误入你的桃花源
陷入惆怅千年

扬州

1

离别西湖再别了梁祝
离别是为了扬州
辞了苏堤辞了白娘子
传奇了瘦西湖
爱折了一部《春秋》

一部《光辉岁月》深爱无求
浪漫鸳鸯不抵从此放手
情诗千首不如承受
默默守护
挥手　祝福

2

误把琼花当合欢
误把长江当运河

误把烟花当三月
误将青春下扬州
误入江南皆宜湖
个园之后瘦了西湖
烽烟三十六起
雨夜漫画夜雨

3

怎一个瘦字了得
美女了西湖
瘦了诗瘦了湖水
瘦了你的腰她的眉黛
有点黑的节奏
饿了的心情
迤逦圣诞树
雪了旅途

爱落天长菊散千秋
东风过了扬州
琼花开瓣亘古

又见运河又见合欢
还有银杏大道在雨的里面
竹节形容憔悴
瘦了美人隔了千年
隔了一场相遇

澳门

是虚幻之门
是威尼斯　是巴黎人
赌上一座城
用葡萄牙的牙齿
在中国咬噬一块陆地
半岛隔开拱北

纸醉金迷
不在是中产阶级
富丽堂皇的睡
心事资本主义
传说嵌入澳门

有点左的故事结局
与未来相隔一海水

徐州

1

一路白平川　向北雪覆盖
徐州总是这么迷恋
雪花海　怒放的要冲
东西陇海
白色素渲染

高铁放缓
我的相思不晚点
归属感　菊花残
远眺不到泰山
近无有黄河天堑

茌苒的日记皑皑一片
惹我衣领的爱
恰似春风吹暖
一如腊梅朵朵娇艳

你的笑颜

2

又绿了前方　徐州
春了故事的翅膀
软了邂逅的左岸
往事已矣如烟　燕化了骨感
遇到你又遇到一条街

朦胧的霓裳冠上眼睑
小声点吧　催眠了江南
从你的长发飘来心事的香
熨烫的诗句被夕阳折成两段
一抹淡淡的忧伤纵容我迷返
另一段时光婆娑溃烂

3

徐司令姓徐　连云港朝东坐西
青麦当头　心情下了雨
白色不是垃圾
霜降下来的回忆
冰冷了北　兵家必争之地
我怀念一个抗日的长辈

项羽别了虞姬

韩信彭城剑残
还有吕布挥泪
不见赤兔送关羽
不见淮海之后的粟裕

是否有位赵四小姐追随
沉江百宝的杜十娘跟错了谁

玉溪

1

聂耳不是一个人
它或许是条路
或许是一个广场
玉溪不是一条溪
它是一座城
有故事的城

彩云霓裳黄花憔悴损
玉溪被套路了春天
彝人青春了油菜花田
偶遇小叶丹
春山诗居萦舞燕
小桥流水楼阁阑干

飞红暖日垂画檐
你云收雨了的江山

黄花孤村霞点烟
我步入半庭樵门你虚掩
一声芳菲问虹鳟
半亩方塘撩了许仙　汩汩入梦涧

2

用亚热评价一个故事
用高海拔衡量我们的邀约
立夏不可靠　右兜的设计
给你一次亏吃的人
就不要有第二次哭泣

聂耳才二十三岁
溺水　身故东隅
什么都没有完美
缺憾也是一种存在的意义

3

云上四季
花儿为什么这么美
温度像心情跳到七路汽车
看不见你的迪拜和摩拜

淘宝街热了玉湖
你正好普洱

云南米线恰好充了饥
晕了身体　　累了玉溪

4

换一行白鹿原
带走一水荷田田
锦绣西南
最是高脚的酝酿
最是氤氲的迷恋
故事朝着东边

你看了小说的右边
疼爱　　真善
艳遇指数跌至地平线
慧眼　　湛蓝

一层层邈邈心酸
烙印玉溪
不仅仅是熄灭的香烟
还有竹茶缠缠绵绵

铜仁

湖的秋天　你窗花园林
途径谁的秋季
一朵怀孕的云
你有了七岁　诗风吹雨

西南偏中　凤凰偏低
诗句朝下
你朝韵母的上
隔着滕王阁序

无锡

1

一个店名的沉思
一个香草的味道
这里天空飘落列国
太湖钓上美少女
晚冬的觊觎
列土封疆的云雨
季节巧合诗
你一个霓裳眼神
春风得意
我蓦然　你伫立

2

鼋头渚的太湖
有点阳光的冷漠

溪水长流
你的长发飘飘
霓裳随北风南去
心事徘徊
曾经的小梦
嵌入式
深入思念的骨髓

3

宜兴紫砂都　秋风暖蟹粥
远山挨近湖
漂泊的芦　拂我芊芊袖
打底衫的断藕　荷色盈盈

再访西太湖
一朵心事袭了蔻
掩门走
曲悠的往事婆娑胸口
全是梨花烫了头
莫回首

4

水画幽寂
小桥流不尽溪水
一年又一天　都是你的离去

泪水　消灭了雨
飞花轻似梦　独立无际

无边丝雨细如梅
新愁有旧絮
依木椅　谁的裙裾
又燃起　潇潇新泣

有一朵黑白帽
是不是藏着谁
莞尔的一瞥
酥了云　碎了玉
哭了你

5

读一场春雨
江南发芽嫩绿
望一眼灯红
你开始柳绿　采一朵祥云
踌躇太湖流域

亦是长江靠江阴　可惜的桥
迷恋了青青子衿
薄雾有点迷
霭过了三月的裙
你阴霾了锡水

震泽洒了点泪
谛听锡山寺音
白醋酸了桃林
亦酸我眼角十里

滁 州

1

冷雨敲窗　帘外彷徨
风劲天长
地久的小城
浪漫故事跌宕
每天都会在天街舞响
不回望　不思量
爱的冬菊压了隋唐

2

心情的一头是雪
你的一头是思念
故事的中断有咸
我有点夜半　层林尽染

岁月如壶　大明行宫

夫子庙有秦淮几艳
雨花台遗梦江南
宽坐下
鸡鸣寺玄武湖外聆听莲

3

与最后一滴雨水诀别
与江北最爱的秋打开
天长了菊心的缘
黎明破晓十七的月

黄昏来得匆忙
归心似箭嫦娥在北等待
合欢抱了凤凰山缺
茉莉走过八百桥

不急不慢的杜鹃肆掠
我的爱
从金牛湖到玫瑰园
不增不减

4

另类某个冬　我自腊月
不微笑的血
基金占了古都的秋　花事遂了情节

266

向日葵属性雾霾
你需要张家口的雪

秋田的黄拨了油画的末年
就这么简单　放心情给扬州
你在故事的山峦
拔了微阳　我还剩下莫奈
你叫天长　杨广和谁会有地久
是你　运河和琼花到三月

一个故事的花　一位姑娘的雪

镇江

1

醋了冬天　　酸了腊月
风侮弄了雨夜
所有美好的旅行都插上黄叶
冷雨敲窗　　童话吊唁
为了你憔悴的银杉
晚点了上海
错过你的月台
错过我的白天

后面就是玄武湖
谁此刻　　守候一份悠然静美
让思念如花芬芳
菜花回眸处
一树清风　　一窗暖阳
一声念安　　已足矣
时光潋韵

我在安德门　独自寻觅

2

想念一个人　用峨峨鼓弦
想念一个人　用洋洋琴瑟
再也没有一辆高铁
保持高贵的姿态
春天冷艳　你和风一样冷

艳属于原野　我已远离稼穑
一个离别的恐惧
和黄鹂相互饲养依偎
一个梦提前降临
你的泪腺被什么敲碎
阳光不会光顾谁

江苏一片一片的烟雨
哪个是你　湖和河装满逡巡
刚过无锡
你浸入长江的一湾碧水
尽入菜花横溢
飘过每一个高铁的绿地
有一株芬芳　洗了梨花浴

常州

1

湖光有不完的山色
波光潋滟
秋意聪睿西太湖
美过夏荷款款柔情
静谧待过孝道园

鱼儿钩上白鹭的白
万顷芦苇呵揉你一道波澜
湾仔山尽桥百渡
一舟扁扁摇出眼睑
谁是谁的太湖湾

我是你的一抹亮色
若果一道道川
心怡的故事一串一圈
萦绕盘旋

2

是湖　是山　是秋天
是菊是雨
是杜鹃
一个小镇的美一段湖水的蓝

浑浊的太湖不糊涂的滇
绕圈的心事
漫漫　嵌入故事的川
岁岁记忆
留情于莫干山

3

与红眼航班失联
亲密接触虹桥的大雨
心事如烟
赶路的一枚登机牌

承诺如命
故事排列
不黑不白的脚步
南京南　高铁

连云港

1

你止于飞
月亮止于入世的轻
活在圣经里
你的白接近于花
都是想出来的
弱水

三千凉气　抵达你风开涟漪
与梅花比翼
放马南山
薄暮忘记一点一撇

被月色宠爱
爱一颗石榴　往掰开的里面爱
如同一对鸟儿的沧海
无需铺垫　我白昼的夜

2

跨海石桥是直的
沙滩是弯的
路会曲婉婷
等你的心螺旋式
与晨曦不高不低

三月没有情人
浪花是唯一
连岛陷入最早的美
你若放弃
必将后悔无期

孤独来得有点迟
古典去掉一条帆船
爱情有点蹒跚　我在海一方啊
谁给我无垠江山
比海还大的除了我的天空
还有我的思念

宁波

1

最是夕阳的一泓清水
最是木槿一样的女人
在北仑港的晨风里伫立
东去一袅
牺牲掉的40岁
诀别的温度离地八尺
冷却的历史
将中间环节粉碎
不得不从容的蕊
牺牲了谁

2

天一阁藏了西风八百
姚江北去蝴蝶
菩萨蛮　撩拨江南衣袂

宁波一页
褪了故事的花瓣

城隍庙曲径了十二月
等一个人
深夜深入下阙
拥柳永的词与你婉约
如桃花一样的笑靥

大雾剪刀剪去爱情一半
东海尽享舟山一叶
酸涩的传闻伴侣北仑雪
送你彩云之南的夜
药行街上了甬江的月
依依恋恋

黔西南

不是滋味的云贵
累了的诗句
上半阙逃避　下半场哭泣
从此与茅台决绝
和温柔江南结成小镇
花开花谢你如此美丽
与每个午后怀孕
这是舞台的武艺
是你的蜜胸直径了冬季
三九的勤奋
增长率的哀伤爱上中央
中央绿地

许昌

少小离家老大回
乡音无改鬓毛衰
一字一句恍若点缀
广陵二十四桥仍在
波心荡冷月无声

你有声带小儿顽童
故乡亲礼中
庄子梦蝶　我孤帆远影
老了喉咙哑了黎明
无奈暮钟
无有名　不如韩非垂青

汝河　开封
宋提刑　孤苦伶仃
许昌也成就了曹阿瞒
唯有门前镜湖水
旧时波不改这春风

温州

想念那杯中暑的虐
依依不舍
吻痕结满色
霓虹与北京邀约
温岭撒了南国一苑

治疗冬天的含蓄
香蕉亦小如碧玉
斜了龙井的夕阳
喷泉湿了我的端庄
从此不邂逅不彷徨
我与娘子聚浪沧园

温州靠海边
霞浦爱到最里面
千岛生在外面
怀一个春的缙云
偏心雁荡山

楚雄

龙门没有了镖局
有了天堑　龙门还有一个客栈
红水配着红壤发着电
红河谷在前
绿汁江有的是羞赧

最美的是烟叶花瓣
开在我的春天
玉溪只剩下红塔山
在两岸收获了惊悚和蓝天

北海

是夜温柔　你呼吸声害羞
故事在二十三楼
我不高不低的问候
霓虹如故　电影还没有谢幕

为什么那么多的沙丘碎了壶
西去冠头　我绕去了先古
陪我读
咱一起从东临碣石
去上古春秋

唯有你的一眸
醉我十八楼
更诗意与你世界游

张家界

1

雨下了谁的半夜
滴响的澧水缓缓地爱
冷漠给了孤苦的孩
同情心柔软了表面

粉花嫁给六月
善良的草青青换了概念
门当户对是唯一的选择
姑娘啊不要留情面
高和低都会是一次浩劫

青春二十载　不觉
却已清洗了你的
风花和雪月
牺牲流血

2

仙人溪乡　她貌若仙女
彩虹之上
大庸府情愫着装
你眉黛玲珑
莲花霓裳

路过天门山的玻璃道
路过你波澜不惊的脸庞
倏然的辉煌　音乐响叮当
张家界有了它的隐藏

静静守候
谁来过又悄悄地忧伤
在水一方　我的姑娘

3

雨中华天　是夜云顶
故事讲述的是传
大庸府独立春天
回忆生在左边

想念一个艳阳天
荷花一样的黄昏
清风徐徐转

再一次道出别烟

4

苏醒在梦碎的左手
霓虹一柱
一直等候最美的剧情
夏雨开始登场
云顶兀自绽放

都是花一样的清香
披肩朝岁月两旁
一个人的欣赏
有点冷的怀想
魅族透亮

澧水承载了芙蓉
莲一样的美　美过凤凰
观音大桥上涨
涨满情商
玉的样

5

三月是饥饿的　想念是隐蔽的
我写你的眉毛是真实的
没有柏拉图的春天

和没有结果实的长沙一样的
零归零的破坏

只有昨天
只有昨天一去不返
你还会回来
你不是芙蓉　你叫阿莲
仅仅一阵风　让我们重临擦肩
连思念也噬咬张家界
词语荒芜　爱倦于诗篇

你象声词的渴念
勇敢了一些
用这些天门山的奇伟
贴上你的美色
才子配你佳人　不也贴切

嘉兴

换一个春天给四月
换一个绿柳居给湖边
为你付出了我的江南
运河靠了爱情的岸
嘉兴不是很远

南湖有了泛舟的祭奠
追一个杭州的南燕
飞入游人院
也是醉了春衫　风筝线
和你相思扯还牵

与你阳光照　相思淡淡的咸
湘家荡翩翩
香飘水鸟草色鲜
风吹散你的笑脸

绍兴

烟云睡莲　重进桃花源
米兰桃花眼
你在左岸
凝脂九道花环
满载一个妩媚的性感

你春天　她花枝招展
故事跌至满满
一层一叠的偶遇
半壁江山
一幻一梦

心事衍衍　想你的耳畔
拂拭红颜
等一个娇嫩的哀怨
坠下绿水如蓝

驻马店

滴雨沐我
你依偎溪流潺潺
几株麦浪翻春了四更天
你眉黛勾结了百里画廊
我不忘我花碎了故乡的磁场

此爱绵绵被桃花所伤
沃土千顷一样清香
春雨湿透了春海棠
哪一抹微笑嵌入你的芬芳
洪河岸上　相思曲终成霜

黔东南

坟山叠起喀斯特
春暖白川黔东南
苗人诱惑了梯田
我在寨乡腼腆　她送月台
没有送别也爱的轻描淡写

日历翻阅戏台
内置加芯的蹉跎岁月
谁补了芙蓉镇的缺
凤凰已远　布依① 黔南

心事高原
思念　江畔
蔚然成风的表白
擦枪走火了黔
潜入画的夜

---

① 布依：指布依族。——作者注

渭南

东风不与周郎便
你的中指兰花展
我左眼青花瓷
落底是千年
等一个四月天

等唐宋一瞬间
等浣纱拂柳一状元
醉舞杨玉环　等嫦娥霄汉
你白眉彩云之南
今愁落下旧款

那一层粉底
遗憾　硝烟
最美是陪伴
用尽内存
透支三世十里桃花缘

宜昌

1

三峡几百里　青山白云含泪
观音桥相邀日记
你的江山雾
云从三峡起
轻舟已难回

九江春　入梦人
滴滴巫山云雨
涔涔断肠　红湿了补水
金丝蜜枣甜了巴蜀

一如相思豆
日日到江心
汝在长江头　我去长江尾
从此愁滋味　想念深骨髓

2

芊芊细草穿沙　离别就离三峡
巫山云雨　滴风吹雾
一定是你送我别去
猿在千年啼过那么多人
我只有你
茕茕孑立

万州之后青山绿水
你生生不息
我纵横老了泪
巴蜀过尽千帆　没有归期

等一个挽留的人
一等就是
从此天涯孤旅

信阳

一抹烟色留恋
南湾　沁河泛滥
一些回忆透亮了
鸡公的山
红晕的理想
平桥了那些库存
水泻三里又三十年

藩篱了桐柏
我从汝河开始铭记
从此潮起来　燃起风采
只为兼程
杨庄夺得平原

月儿湾邂逅沙河上的船
入大海进汪洋是唯一明天
方向不高不低
正对着北上广汉

满洲里

滑草遇见满洲里
你是谁的安达
这是巴特尔的蒙营
经过俄罗斯的哨卡
有一声安德烈的问候

草原生态了你的梦
青色装饰我的旅程
媚好的北国
面向波罗的海
你负责倾国倾城

诗向着伏尔加河
一如向你笑
醉美黄花　肩挑阔台
国门桥　东下美丽
桥头堡西上
草山无数旖旎

跋

微涟风定翠涴涴

小 凡

在这里，在那里，在山里，在雨里，有空气的地方，就有美，就有诗，就有生活，就有一切。

微起的风，吹走了谁的怨念？吹起了谁的乡愁？谁在低语，谁在哭泣，谁又在微风中与过去告别？

蜿蜒飞起的翠鸟，盘旋长鸣，是为了谁在停留？是谁在仰望，谁在欢笑，是谁，在山谷里嘶喊回旋，向着阳光和飞鸟，没有痕迹的青春。

江南的雨，缠缠绵绵，是下在了谁的窗前？下在了谁的梦乡？是谁在低吟，谁在浅唱，是谁，爱她恨她，与她喋喋不休，欲语还休？

北方的雪，洋洋洒洒，覆盖了谁的心事？包裹了谁的过往？是谁在彷徨，谁在迁延，就着杯中的酒，埋葬热血，释放洒脱。

所到之处，皆有故事；所述之情，皆有晨光。

诗情，在所有想表达的情绪里、在所有经历的故事里，亦在所有或美好或悲凉的时光里。

诗文，是诗人自己的光阴历史，亦是共鸣人的光阴和历史。

而诗意，不属于某个人、某个场景，一首诗的品读释解千万种，每个人都能找到属于自己的那一种，诗歌的魅力或是如此吧，不属于我，但又绝对属于我。

我不想谁的山

我惦念你的川

流水之情，山川为定，和济南相关，亦和济南无关。

江岸依旧

你成了谁的谁

宜昌的江岸，你在谁的风景里，谁在你的风景里，成就一幅画卷。

人民公园的那个邮局

收不到你春天的气息

成都，带不走的，只有你！

简单的诗文，有着肆意的诗情，飞扬的诗意。

读诗，最好有点微涟的心事，一点点愁绪，一点点温情，一壶淡色的茶水，饮到日光西斜，随着诗文，走进诗情诗意，过万千悲喜，最终心定如水，潺潺湉湉，方能了然初心，回归自我。

读诗的境界，于凡情浊世，是一种自由的切换，来去自如，放空心灵，方能完成灵魂的洗涤之旅。

坚硬的外壳，敏感的触角，现代文明的伪装如此完美，是什么让我们愿意放下这一切，回到本我？是什么让我们被生活所累的时候，得以休憩？有时候只需要一个简短的诗句，就能击中我们心中最柔软的部分，溃不成军。因为我们其实脆弱，其实善良，因为我们其实不愿意伤害那些爱和被爱。

心灵的自由，最是无可取代！

而愿意写诗的人，最是本真！他们留藏了心底里最干净清澈的一面，拿出来坦然面对这个浮躁的世界，哪怕面临鞭笞，面临嘲笑，面临暴风骤雨，依然坚持，正是这份难得的坚持，让我们能窥见更多的人性，更多的希望，更多的对于现实、对于明天的思索，思索我们要成为什么样的人，要走什么样的路。

很多的诗人，就此折翼，那份干净，那份清澈，不惹尘埃，却被尘埃所困。如果我们在这平凡的世界，看到一句诗文，亦或看到一个诗人，即可以给他一份庄严的尊重，只因为他还在坚持写诗，只因为他还在自称诗人，他还在把自己最真实的一面展现给你，只因为我们想要尊重这份真实，尊重这份良善，尊重我们内心最隐秘最真诚的自己。